W0212809

«PAROLE»

SERGIO BAMBARÉN

VELA BIANCA

Traduzione di Alessandra Padoan

Sperling & Kupfer Editori

Distant Winds
Copyright © 2000 by Sergio Bambarén Roggero
Published by arrangement with Linda Michaels Limited,
International Literary Agents.
Copertina e illustrazioni interne di Oscar Astromugoff
© 2000 Sperling & Kupfer Editori S.p.A.

ISBN 88-200-3007-1
86-I-2000

Tutte le citazioni menzionate dai personaggi di questo libro appartengono a Sergio Bambarén e a Karen Winterhalter.

Non seguire il sentiero già segnato;
va', invece, dove non vi è alcun sentiero,
e lascia una traccia.

Anonimo

A Karen, per tutti i meravigliosi ricordi

Nota dell'Autore

Dopo la pubblicazione de *Il delfino* e de *L'onda perfetta,* mi hanno spesso chiesto quando avrei raccontato una nuova storia.
Mi sembrava di aver già scritto tutto quello che avevo da dire. Avevo raccontato la vicenda di un amico molto speciale conosciuto mentre facevo surf, un amico che mi ha insegnato che la cosa più importante nella vita è seguire i propri sogni.
E avevo narrato la storia di un uomo molto saggio incontrato tempo fa che mi ha rivelato i segreti della vera felicità.
Allora avevo trentasette anni, e dedicavo la maggior parte del mio tempo allo studio e alla preservazione degli oceani e delle creature che vi dimorano. Ero sinceramente convinto che i miei giorni come scrittore fossero finiti.
Poi accadde qualcosa. Più ero coinvolto dal surf e dalle mie nuotate con i delfini, più sentivo una voce dentro di me che bisbigliava pensieri – pensieri che mi sentii in dovere di raccogliere e condividere con altri. Così è nato *Vela Bianca,* l'avventura di una coppia in barca a vela che navigano verso la libertà. Sono certo che nel nuovo millennio, saranno sem-

pre di più le persone che comprenderanno l'importanza di seguire i propri sogni. E grazie alle loro azioni altri uomini capiranno questo insegnamento.
Ho ricevuto dal signor Blake, il vecchio libraio, la seguente regola: il viaggio alla scoperta di noi stessi inizia da noi, e termina nelle cose che facciamo per arricchire la vita degli altri. Solo dando e imparando a ricevere possiamo realmente interagire con gli altri in modo positivo.
Per esperienza diretta, posso garantirvi che siamo grandi quanto i sogni che ci sforziamo di realizzare, e non importa che cosa incontriamo lungo questo viaggio chiamato vita. Se inseguiamo i nostri sogni con tutto il nostro cuore comprenderemo il vero significato della nostra esistenza, e quasi certamente raggiungeremo la meta che ci eravamo prefissati.
Questo è quanto ho appreso navigando nel Sud Pacifico, autentico angolo di paradiso, insieme con Gail, la mia coraggiosa compagna che ha affrontato al mio fianco terribili tempeste!
Viviamo una volta sola. Ma possiamo vivere quest'unica vita in modo tale che alla fine del viaggio sentiremo di avere vissuto migliaia di vite.
Quest'obiettivo è quello che dobbiamo perseguire con tutte le nostre forze.

Prologo

Chiusi con cura il portello della cabina della nostra barca, perché Gail non fosse disturbata dal sole del mattino, ora che si era finalmente addormentata. Per tutta la notte avevamo lottato con tutte le nostre forze contro la collera del mare e del vento. Lei era rimasta al mio fianco finché le era stato possibile, poi si era rifugiata in cabina a pregare, mentre io ero rimasto sul ponte, disperatamente aggrappato al timone, perdendo a tratti conoscenza. Adesso che la baia di Auckland appariva così pacifica e serena, nell'abbraccio delle alte montagne verdi che l'attorniavano, con i raggi del sole che danzavano sull'acqua appena increspata facendola brillare di tremuli luccichii, e gli uccelli che volteggiavano alti nel cielo, sembrava impossibile che solo poche ore prima una così orrenda tempesta avesse sconvolto quella quiete idilliaca.
Avevamo rischiato il naufragio nello spaventoso fortunale che ci aveva sorpresi mentre tentavamo di raggiungere il porto al rientro dal nostro magico viaggio nel Sud Pacifico. Ma Gail e io ci eravamo battuti contro la furia degli elementi e la nostra fedele *Vela Bianca* non ci aveva traditi.
Avevamo gettato quasi tutti i nostri beni materiali in

mare, per alleggerire il più possibile la barca e aiutarla così a restare a galla.
Ci eravamo visti scorrere la vita davanti agli occhi, ma anche in mezzo a quel finimondo, eravamo riusciti a salvare il nostro bene più prezioso, quello che avevamo promesso di conservare per tutto il viaggio, qualunque cosa fosse accaduta. Ora, esausto, stavo fissando la vecchia scatola di legno chiusa da un lucchetto che custodiva il nostro tesoro.
Pulii con cura il cofanetto con un panno morbido per evitare che l'acqua salata s'infiltrasse nel legno. Poi sfilai la cordicella che mi ero legato al collo e guardai la chiave. La pietra verde che vi era incastonata catturava la luce del sole. Trattenni il respiro, pregai Dio, e inserii la chiave. La girai lentamente, e un piccolo suono metallico mi disse che la serratura era scattata. Sfilai il lucchetto, sollevai il coperchio della scatola e sorrisi.
Il libro era intatto. Lo estrassi con delicatezza dalla sua custodia e lo aprii alla prima pagina:

A Michael e Gail Thompson,
salpati il 3 marzo 1998 da Auckland, Nuova Zelanda,
a bordo di Vela Bianca,
per un viaggio di ricerca spirituale.

Che i vostri giorni siano colmi di gioia
e le vostre notti allietate da dolci sogni,
presagio della magia che troverete nel cammino.
Che i vostri sogni più belli possano diventare realtà,

e in seguito dolci ricordi.
E che mai possiate dimenticare...
Thomas Blake

Restai a fissare il libro, perdendomi nei ricordi. Sembrava impossibile che fosse passato già quasi un anno da quando il vecchio libraio mi aveva fatto quel meraviglioso dono.
Come avremmo potuto immaginare Gail e io tutti i mondi paralleli che avremmo scoperto in quell'arco di tempo, tutte le sfide che la vita ci avrebbe messo davanti, tutte le volte in cui avremmo affrontato le avversità della sorte per difendere ciò in cui credevamo, e quanto tutto questo ci avrebbe unito, fino a poterci specchiare l'uno negli occhi dell'altro?
Era stato difficile, ma ora che eravamo usciti sani e salvi da quell'ultimo, terribile cimento, e Gail dormiva come un angelo in cabina, sapevo che ne era valsa la pena. Il nostro era stato un pellegrinaggio alla riscoperta di noi stessi, una prova della verità che aveva salvato il nostro amore; un'esperienza che sapevamo di dover condividere con altri che, come noi, erano alla ricerca dell'autentico significato della vita.
Fissai la chiave del cofanetto, osservando il riflesso del mio volto. Il metallo lucente della serratura mi rimandava l'immagine di un uomo dai capelli castani schiariti dal sole e la carnagione liscia e abbronzata, senza più traccia del colorito scialbo che avevo in città e le rughe che solcavano il mio volto quando

trascorrevo le mie giornate curvo sui minuscoli caratteri di pratiche e contratti. Quel viaggio mi aveva ringiovanito nel corpo e nello spirito.

Riposi il libro nel cofanetto, chiusi il coperchio e mi lasciai scivolare la chiave in tasca. Il nostro tesoro era salvo. C'era tutto il tempo per divulgare il messaggio. Ma ora dovevo prendermi cura di Gail, la mia amata moglie, la donna che ero stato sul punto di perdere, ma adesso avevo ritrovato per sempre.

1

Nella meravigliosa Nuova Zelanda, la terra in cui sono nato, si trova Auckland, la capitale di questo paese verde smeraldo, spesso chiamato «la terra della lunga nuvola». Là, circondata da dolci colline lussureggianti, si affaccia sull'oceano una delle baie più spettacolari che possiate ammirare, dove approdano barche bisbigliando favole di terre lontane, e altre salpano alla ricerca di magici mondi...

Quel mattino uscii di casa come sempre per andare in ufficio, cercando di non pensare alla montagna di pratiche da sbrigare che sicuramente avrei trovato sulla scrivania. Aveva piovuto a dirotto per tutta la notte, e in quell'umido lunedì mattina il traffico sembrava più congestionato del solito. Dopo aver guidato per quasi un'ora arrivai finalmente al palazzo, sede della società presso la quale lavoravo da molti anni, e mi accinsi ad affrontare un'altra tediosa settimana.

Alzai lo sguardo all'edificio scuro che incombeva minaccioso su di me, poi mi lasciai inghiottire dal grande parcheggio. Dovetti fare lo slalom tra box e pilastri per raggiungere il posto macchina che mi era stato assegnato. Credo che fosse in assoluto il peggiore, relegato nell'angolo più lontano e scomodo insieme alle scope e le vernici, sebbene io, in qualità di consulente finanziario, procurassi alla compagnia i più alti profitti ai costi più bassi possibili. Aprii la portiera e immediatamente inciampai in un'asse di legno lasciata di traverso sul pavimento. Dio, come detestavo il mio lavoro!

Tuttavia, una persona può abituarsi a qualunque cosa, se le si lascia il tempo necessario per dimenticare la sua vera essenza. C'era stato un tempo in cui avevo creduto che tutto fosse possibile, e che un giorno avrei conquistato il mondo. Invece mi ritrovavo a fare qualcosa che non aveva niente a che vedere con il sognatore che ero. Ma lo ero ancora, poi? Quando diventiamo adulti e dobbiamo fare i conti con il mondo reale, siamo costretti a dimenticare i sogni che avevamo da bambini?

Attraversai il garage e presi l'ascensore. L'intensa luce al neon non fece nulla per alleviare il feroce mal di testa che già mi aveva assalito. Raggiunsi il mio ufficio e, come previsto, entrando trovai ad attendermi un'alta pila di carte. Mi sedetti alla scrivania e cominciai a esaminare la posta che era arrivata venerdì in serata, o all'inizio della settimana tramite corriere. Per qualche ragione che sfidava ogni legge della fisica, più mi davo da fare per evadere le pratiche, più i documenti e la corrispondenza sembravano accumularsi. Era davvero alienante.

Il mio ufficio era situato al diciottesimo piano di un

palazzo sovrastante la baia di Auckland, e dalla mia finestra si godeva una vista magnifica. Avevo sempre ritenuto che questa fosse una fortuna soltanto per metà. L'oceano esercitava un immenso fascino su di me, e non mi sarei mai stancato di ammirare quell'incantevole panorama. Tuttavia, a volte mi sentivo come rinchiuso in una gabbia dorata da dove mi era consentito di vedere la bellezza che mi circondava, senza però potermi immergere in essa e gioirne realmente. Avevo sempre avuto il tarlo del viaggiatore, e sebbene avessi percorso in lungo e in largo la Nuova Zelanda e l'Australia, ultimamente il lavoro assorbiva tutto il mio tempo, costringendomi a passare interminabili ore in ufficio. E non potevo lasciare Auckland nemmeno durante il fine settimana, dal momento che il lavoro di mia moglie la teneva quasi sempre impegnata anche il sabato e la domenica. Lavorare duro non era un crimine, mi ripetevo, ma nonostante questo continuavo ad avere la netta sensazione di sprecare del tempo prezioso destinato a tutt'altro scopo.

Su una delle pareti del mio ufficio, dipinte di un beige tenue, era appesa una vecchia carta geografica del mondo. Era semplice ed essenziale, ma ogni volta che vi alzavo lo sguardo mi faceva pensare a tutti i luoghi di cui conoscevo l'esistenza – tutti quei posti di cui avevo letto sulle riviste di viaggi, o guardato con tanto interesse nei documentari alla televisione – e avevo sempre desiderato visitare, ma per una ragione o per l'altra non ero mai riuscito a farlo.

Avevo comprato quella mappa nella vecchia libreria del signor Blake, proprio di fronte al palazzo dove lavoravo. Mi piaceva rovistare fra i libri che mi guardavano dagli scaffali del piccolo ma ben fornito negozio. Di tanto in tanto ne trovavo uno che catturava il mio interesse, e allora lo acquistavo e me lo portavo a casa, per leggerlo durante quei momenti solitari che tanto mi piacevano, seduto sulla veranda mentre il sole sprofondava nel blu dell'oceano.
Dopo avere apportato gli ultimi ritocchi a un contratto, decisi di fare un salto alla libreria del signor Blake, ma appena uscito in corridoio m'imbattei nel mio nuovo capo, il quale pretese che gli spiegassi per quale motivo me ne stessi andando così presto. Ne scaturì un'accesa discussione. Era arrivato da appena dieci giorni, e ostentava una tale aria di superiorità che a volte mi veniva voglia di prenderlo a pugni. Ma l'ufficio rappresentava il mio futuro economico. Non mi restò che abbassare la testa e tornare alla mia scrivania ad aspettare che passasse l'ultima mezz'ora.
Non appena il mio orologio segnò le venti mi precipitai fuori. Invece di passare a prendere la macchina, uscii dalla porta principale del palazzo e attraversai la strada, andando dritto alla libreria del signor Blake. Come al solito, cominciai a curiosare tra i vecchi scaffali, cercando qualche titolo che mi ispirasse.
Un libretto sul ripiano più in basso attirò la mia attenzione:

Segui la tua musica
Versi filosofici di autori classici e moderni.

Lo aprii. Era una raccolta di brevi passi e frammenti letterari. Cominciai a leggere dei versi firmati da un certo Henry David Thoreau:

Perché dovremmo essere mossi
da una tale disperata ansia di successo
e in tali disperati cimenti?
Se un uomo non tiene il passo
con i suoi compagni, forse...

«*...forse è perché ode un tamburino diverso. Lasciamo che segua la musica che sente, per quanto la cadenza sia discorde, o distante...* Ottima scelta, signor Thompson. Thoreau ha sempre avuto qualcosa da dire per ricordarci l'importanza di scegliere il nostro destino.»
Fissai l'ometto con la lunga barba bianca e una logora giacca marrone che mi scrutava attraverso le spesse lenti degli occhiali dalla montatura antiquata. Poi lui si volse e prese a spolverare dei libri in offerta impilati uno sull'altro.
Il signor Blake aveva trascorso la vita tra i libri, e non solo per lavoro. Sembrava che non ce ne fosse uno che non avesse letto, e se con il passare degli anni la sua vista era andata deteriorandosi sempre più, la sua memoria era sempre brillante.
«Vada a pagina diciannove, signor Thompson», mi

suggerì, alzando lo sguardo verso la porta di vetro che separava il suo piccolo negozio dal mondo esterno, «e troverà un'altra grande verità messa in versi dal nostro amico Thoreau.»
Seguii il suo invito e lessi:

Andai nei boschi
perché desideravo vivere consapevolmente,
affrontare soltanto i fatti essenziali della vita,
e vedere se mi riusciva d'imparare
quello che essa aveva da insegnarmi,
e non, quando venissi a morire,
accorgermi che non avevo vissuto.

Il signor Blake si volse di nuovo verso di me, scrollando la testa. «E pensare che Henry David Thoreau non è sempre stato rispettato per le sue idee, finché era in vita. Solo dopo la sua morte la gente ha cominciato a capire la sua statura morale e la sua scelta di allontanarsi dalla società, lasciando tutto ciò che possedeva, e ritirarsi nella foresta per oltre due anni per scoprire le cose che realmente contano nella vita. Ma del resto, non succede sempre così?»
Lo guardai incuriosito. «Che cosa intende dire?»
«Non tendiamo sempre a dare maggiore importanza alle persone già scomparse piuttosto che a quelle ancora viventi? È molto più facile fare una leggenda di qualcuno di cui abbiamo sentito parlare, ma non vedremo mai in carne e ossa. Credo sia perché così possiamo dimenticare che anche loro sono stati es-

seri umani, proprio come noi, e allora la loro straordinarietà non ci mette eccessivamente in conflitto con la mediocrità nella quale talvolta ci rassegniamo a vivere.»

Sospirai, sentendomi toccato personalmente da quelle parole. Poi gli rivolsi un sorriso. «È sempre un piacere starla ad ascoltare, signor Blake. Lei non immagina quanto mi faccia bene, dopo una lunga e monotona giornata in ufficio, venire nella sua libreria e lasciarmi tutto dietro le spalle.»

«Ne sono contento, signor Thompson. Se vuole prendere il libro, le farò un prezzo speciale. Sono certo che le piacerà.»

«Benissimo. La ringrazio.» Gli diedi il libro che avevo ancora in mano e lo seguii alla cassa, vicino all'uscita.

Mentre tiravo fuori il portafoglio, il signor Blake batté lo scontrino al vecchio registratore di cassa, che sferragliò come per avvertire che quella avrebbe anche potuto essere l'ultima transazione alla quale si sarebbe prestato. Pagai, presi il libro e aprii la porta.

«Grazie, signor Blake, e arrivederci», salutai mentre uscivo.

«Come mai, signor Thompson?»

Sentendo la voce del libraio alle mie spalle, mi volsi a guardarlo interrogativamente, tenendo aperta la porta.

«Come mai cosa?»

«Come mai venire qui dopo il lavoro la fa sentire

meglio? Forse non le piace più quello che fa durante il giorno?»
«Be'... sì e no», risposi esitante, fermo sulla soglia. «Non posso lamentarmi del mio lavoro. Guadagno bene, e tutto sommato mi piace. È solo che a volte mi chiedo se passerò tutta la vita a fare sempre le stesse cose. Ci sono momenti in cui sento un gran desiderio di fare qualcosa di più gratificante, e non necessariamente dal punto di vista economico. Qualcosa che dia maggiore significato alla mia esistenza, e a quella di altri. Ogni volta che apro uno di questi libri e mi rendo conto di tutti i modi diversi in cui potrei vivere, di tutti i luoghi che potrei visitare, le persone che potrei incontrare e le cose che potrei imparare, mi assale la voglia di rompere con il mio solito tran tran e vedere un po' il mondo. Non so perché, ma in certi momenti ho la sensazione di perdere qualcosa di importante.»
«E che cosa le impedisce di farlo?» mi domandò lui.
«Be', ho degli impegni, delle responsabilità. Ho già investito molto tempo nel mio lavoro e sono riuscito a mettere da parte del denaro per assicurare a me e mia moglie Gail una vecchiaia tranquilla, una buona educazione per i nostri figli, e...»
«Vada a pagina quarantanove, signor Thompson.»
«Prego?»
«Vada a pagina quarantanove del libro che ha appena comprato, per favore.»
Lo accontentai. Presi il libro dal sacchetto, lo aprii

alla pagina indicata e cominciai a leggere ad alta voce: «*Se un uomo...*»

«*Se un uomo avanza con decisione nella direzione dei suoi sogni, e si sforza di vivere la vita che ha immaginato, allora incontrerà un successo inatteso in tempi comuni*», recitò a memoria il vecchio libraio, poi mi rivolse un sorriso ammiccante. «Il suo amico Thoreau le ha parlato di nuovo, signor Thompson.»

Stavo cominciando a sentirmi a disagio. Mi era stato facile, per tutti quegli anni, pensare che i miei sogni fossero qualcosa molto al di là della mia portata, qualcosa che apparteneva alla mia giovinezza, e probabilmente simili a quelli che tanti altri, proprio come me, avevano accarezzato e ancora serbavano nascosti in fondo al proprio cuore, ma non avrebbero mai potuto o voluto realizzare. Ma ora ero stato messo di fronte all'evidenza che qualcuno lo aveva fatto, e provai un fremito che mi fece capire come le parole del signor Blake e i versi di Henry David Thoreau mi avessero toccato profondamente. A un tratto mi resi conto che entrambi avevano scoperto qualcosa che io avevo visto balenare in lontananza, ma pensavo fosse una chimera che sarebbe stato inutile inseguire. Eppure, forse non era l'utopia remota e inafferrabile che avevo creduto.

«Può darsi che lei finora abbia cercato delle scuse per sottrarsi a ciò che sente di dover fare, signor Thompson. Ma forse, adesso è arrivato il momento.»

Il signor Blake inforcò gli occhiali in quel modo particolare che è una prerogativa dei librai. «Bene. Arrivederci a presto, e... buona lettura.»

«Grazie, signor Blake», mormorai, mentre si voltava per andare a occuparsi di qualche altro cliente. Riposi il libro nel sacchetto di carta e lo infilai nella tasca interna del soprabito, poi mi avviai verso il parcheggio dove avevo lasciato la macchina. Il tempo era volato, e Gail sarebbe stata in pensiero per me. O almeno lo speravo, dal momento che ultimamente il nostro rapporto si era piuttosto raffreddato. Tra i rispettivi lavori e tutto il resto, ci restava ben poco tempo per stare insieme, e un po' alla volta, senza che ce ne accorgessimo, avevamo cominciato a scivolare verso la reciproca indifferenza.

2

Entrando in casa, fui totalmente colto alla sprovvista dall'atmosfera romantica che mi accolse: candele accese sulla tavola apparecchiata con cura, una bottiglia di champagne in fresco nel secchiello del ghiaccio, lasagne appena sfornate e verdure. Tutto pronto per un tête-à-tête domestico.

«Felice quinto anniversario!» mi salutò festosamente Gail.

Fui incapace di nascondere la mia sorpresa, e lei la notò immediatamente.

«Te ne sei scordato!» esclamò con voce tremante per il disappunto, lo sguardo colmo di accusa.

«Perdonami, Gail, ma in questi giorni non riesco a farne una giusta. Proprio non ci sto con la testa. Ho avuto un'altra giornata terribile al lavoro, e sono così stanco che...»

«E non ti viene in mente che anch'io ho avuto una giornata pesante in ufficio? Però *io* mi sono ricordata del nostro anniversario di matrimonio. E anche se ero stanca, sono corsa a casa e ho preparato tutto questo per te!»

Scoppiò a piangere e corse di sopra. La seguii su per le scale, raggiungendola nella nostra camera.

«Mi dispiace tanto, amore.»
«Un'altra discussione con il tuo nuovo capo, immagino?» domandò lei in tono distaccato.
«Già», confermai stancamente. «Non credo che potremo mai andare d'accordo. Io mi sforzo di adattarmi, ma credimi, quell'uomo è veramente impossibile!»
«E che altro c'è?» indagò mia moglie.
«Che altro? Niente», mi schermii. «Perché me lo chiedi?»
«Conosco quell'espressione che hai negli occhi.»
«Quale espressione?»
«Quella che hai quando sei concentrato su qualcosa che esige una risposta.»
Aveva ragione. Gail mi conosceva bene, e una delle cose che avevo sempre ammirato maggiormente in lei era la facilità con cui riusciva a scrutare dentro le persone con quei suoi bellissimi occhi verdi e leggere i loro pensieri.
Ci eravamo incontrati quando eravamo entrambi all'ultimo anno di università, e fin dal primo istante avevamo provato un'irresistibile attrazione che durava in parte ancora adesso, dopo più di otto anni. Mi ritenevo un uomo molto fortunato. Una volta mia madre mi disse che quando t'innamori per la prima volta, la tua vita cambia per sempre. È un amore che ti accompagnerà per il resto della tua vita. Qualunque cosa tu faccia, quel sentimento aleggerà intorno a te fino alla morte. Avrei riconosciuto a prima vista la donna della mia vita, diceva mia madre, perché

appena avessi posato gli occhi su di lei, tutto ciò che la circondava sarebbe svanito. E così era stato. Quel sentimento, quella benedizione, quell'amore, per me si chiamava Gail. Era una donna molto bella, con i capelli castani, la carnagione olivastra e un sorriso meraviglioso. Ma erano stati i suoi occhi, quei suoi straordinari occhi verdi e profondi che lasciavano trasparire la dolcezza della sua anima, che mi avevano rubato per sempre il cuore.

Gail smise di piangere, ma la sua tristezza ancora pervadeva l'intera stanza.

«Se hai bisogno di me, io sono qui, lo sai», mi disse.

«Sì, lo so. Grazie.» Ma nonostante la sua offerta di appoggio, dentro di me sentivo che la stavo perdendo. Le sue parole erano suonate vuote, il suo tono distante, così differente dal modo in cui mi parlava un tempo. Il forte legame che aveva reso meravigliosi ed entusiasmanti i primi anni del nostro matrimonio si stava spezzando davanti ai nostri occhi, e noi guardavamo impotenti, senza sapere come evitarlo. Avevamo creduto che fosse indistruttibile, e invece stava cedendo sotto il peso della routine. Ma non era sufficiente che due persone si amassero perché vivessero felici per sempre?

Gail stava cercando di trattenere le lacrime, di non lasciarmi vedere quanto l'avessi delusa.

«Stanotte c'è un magnifico cielo stellato», mi disse. «Perché non esci sulla veranda e stai un po' solo con i tuoi pensieri?»

Capii che aveva bisogno di essere lasciata in pace. «Sì, è una buona idea», annuii. Tenendo indosso il soprabito, uscii sul portico sul retro della casa e mi sedetti su una delle quattro sedie di legno collocate intorno a un tavolo rotondo, vicino al barbecue. L'aria era fresca e frizzante, e il cielo trapuntato di migliaia di minuscole luci sfavillanti. Era stata una benedizione esserci trasferiti fuori città, dove potevamo ammirare una nottata come quella.

All'improvviso mi ricordai del libro che avevo acquistato. Lo tirai fuori dalla tasca interna del soprabito e lo aprii a caso su dei versi a pagina ventidue:

Sii ciò che desideri essere.
Mostrati come desideri apparire.
Agisci come scegli di agire.
Pensa come vuoi pensare.
Parla come vuoi parlare.
Persegui gli scopi
che desideri raggiungere.
Vivi in armonia con le verità
che senti tue.

Thoreau ha di nuovo centrato il bersaglio, mi dissi. Quell'uomo aveva senz'altro scoperto il vero scopo della sua vita.

Stavo per voltare pagina, quando mi cadde lo sguardo sul nome dell'autore.

Era «Susan Polis Schulz».

Rimasi sconcertato. Anche quella donna, come Tho-

reau, aveva scoperto la propria verità. Quanti altri ce n'erano come loro?
Cominciavo a sentirmi inquieto. Chi erano quei fantasmi che, servendosi di un vecchio libro, si erano introdotti nella mia vita per metterla sottosopra? Avevo sempre pensato che stessi facendo la cosa giusta, guadagnandomi da vivere e preoccupandomi del mio futuro e di quello delle persone che amavo – la mia famiglia. Ma ora, leggendo le parole scritte da quegli sconosciuti – e tuttavia non a me estranei – mi stavo rendendo conto che c'erano persone che avevano vissuto la propria vita in base ai propri principi, senza seguire regole prestabilite, scrollandosi di dosso le sovrastrutture che soffocavano il loro vero essere per condurre una vita più appagante.
Gail mi raggiunse sul portico. «Ho pensato che potesse andarti un caffè.»
«Grazie.» Presi la tazza che mi porgeva e sorseggiai la bevanda fumante, gustandone l'aroma e il confortevole calore mentre mi scendeva lungo la gola.
«Prego», rispose Gail con formale cortesia, facendo per rientrare in casa.
«Gail?»
«Sì?»
«Non vuoi restare un po' con me?»
«Oh... sì, certo», acconsentì senza slancio. «Che cosa stai leggendo?»
«È un libriccino che ho preso oggi al negozio vicino all'ufficio, dal signor Blake. Ti ricordi di lui, vero?»
«Non saprei...»

«Ma sì, una volta siamo andati da lui insieme a cercare un libro di...»
«Ah, sì, ora rammento. Quel signore anziano con gli occhiali spessi.»
«Esattamente.»
Gail alzò lo sguardo alle stelle. «Ricordo di avere visto qualcosa di speciale in quell'uomo.»
«In che senso?» domandai, interessato.
«Qualcosa nei suoi occhi. Avevano una luce particolare.»
«Come, particolare?» insistetti.
«Non so spiegartelo. È solo una sensazione... una di quelle cose che riesco a percepire nelle persone. Comunque sia, non ha molta importanza.» Si volse verso di me. «Posso vedere il libro?»
«Certo. È una raccolta di brevi versi. Riflessioni sulla vita. Piccole perle di saggezza, secondo me.»
Gail prese il libro dalle mie mani, poi lo aprì lentamente, senza guardare il numero di pagina, e lesse:

Possiamo viaggiare per il mondo intero
in cerca della bellezza,
ma se non la rechiamo in noi
non la troveremo.

«È una meravigliosa verità», mormorò.
«Sì. Ho scoperto solo oggi questo autore, Thoreau. Mi piace molto.»
«Non è stato Thoreau a scriverlo», replicò Gail.
«Come?»

«Non lo ha scritto Thoreau», ribadì lei.
«Oh, sì, naturalmente. C'è anche quella donna, Susan Polis Schulz, che scrive con lo stesso stile e...»
«Non lo ha scritto neanche lei.»
«Ne sei sicura?»
«Certo che ne sono sicura», dichiarò Gail. «Qui dice che l'autore è Ralph Waldo Emerson.»
Rimasi a fissare il libro, ammutolito.
«Ti senti bene, Michael?»
«Sì... sì, Gail, sto bene. Stavo solo pensando.»
Mia moglie mi rivolse una breve occhiata penetrante.
«Bene, allora ti lascio alle tue riflessioni», disse poi. «Ma non venire a letto troppo tardi. Domani dobbiamo alzarci presto. Mi aspetta una giornata molto lunga in ufficio.»
«Non ceniamo?»
«Sinceramente, mi è passato l'appetito. Voglio andare a dormire.»
«Okay. Buonanotte, Gail.»
«Buonanotte, Michael.»
Rimasto solo, continuai a fissare il libro con un crescente senso d'irrequietezza. A un tratto la comoda poltroncina su cui ero seduto sembrava fosse diventata di pietra fredda e dura. Chi erano quelle persone? Come potevano avere scritto in modo così concorde dello stesso tema? Si conoscevano fra loro? Naturalmente no. Non tutte, almeno. Ma se venivano da percorsi differenti, come erano giunte a quella comunanza di idee, trasmettendo tutte lo stesso

messaggio? E perché mi sentivo così vicino ai loro pensieri, eppure così lontano dalla loro vita? Avrei mai avuto il coraggio di seguire i loro passi per arrivare anch'io alla stessa fonte di verità alla quale attingevano?
Poi un pensiero mi colpì come un fulmine, acuendo il mio malessere.
Quante persone al mondo in quello stesso momento stavano vivendo come era a loro più consono, avendo già preso la difficile decisione di seguire il proprio cuore?
Sicuramente molte più di quante avessi mai immaginato.
Chiusi il libro, colto da un improvviso senso di panico.

3

Il mattino seguente uscii più tardi del solito per andare al lavoro, già sapendo che non avrei potuto evitare di rimanere intrappolato nel traffico.
La notte prima ero rimasto a lungo sveglio a leggere il libro che avevo comprato dal signor Blake, scoprendo versi di autori come Ella Wheeler Wilcox, Douglas Malloch, Robert Pollis e altri, e rendendomi conto che tutte quelle persone avevano qualcosa in comune: avevano vissuto secondo i propri principi. Avevano ascoltato la voce dentro di loro, e messo in pratica ciò che predicavano. Avevano dato un senso alla loro vita.
Come avevano fatto? Qualcuno li aveva aiutati? Erano così forti, e io così debole, che non potevo nemmeno immaginare di essere come loro, sebbene in quel momento lo desiderassi più di qualunque altra cosa in vita mia?

La giornata passò senza che quasi me ne accorgessi. Il mio lavoro a volte era talmente ripetitivo che potevo svolgerlo meccanicamente, pensando ad altro. Lasciai l'ufficio con la testa fra le nuvole, ma fui bruscamente riportato alla realtà quando m'imbattei nel direttore. Questa volta mi fece un'osservazione riguardo al modo in cui ero vestito, che a suo dire era inappropriato per l'ufficio. Il completo di giacca e pantaloni che indossavo non poteva certamente essere incriminato, e la cravatta era del tutto innocua, quindi suppongo che la pietra dello scandalo fosse la camicia verde scuro. Sembrava che quell'uomo avesse come unico scopo della propria vita rendere impossibile la mia. Borbottai una sfilza di sissignore, certo signore, non succederà più signore, e finalmente riuscii a scappare. Andai a prendere la macchina e tornai a casa.

Quella sera mi ritrovai di nuovo a fissare il libro. Mi sentivo piuttosto scontento di me stesso. Gail se ne accorse immediatamente, e sebbene fosse ancora risentita con me, venne quietamente al mio fianco.

«Stai ancora cercando le tue risposte?» domandò. «Non dimenticare che io sono una buona ascoltatrice.»

Posò su di me quel suo sguardo pieno di amore, cercando il modo di aprire la porta che ci separava. Entrambi sapevamo che l'altro era là, appena al di là del muro che noi stessi avevamo costruito e ci faceva sentire così lontani l'uno dall'altro.

«Ho bisogno di dirti qualcosa, Gail.»

«Dimmi», m'invitò lei, affabile.

Esitai un istante. «Ricordi il libro che ho comprato ieri?»

«Sì.»

«Be', sono rimasto su tutta la notte a leggerlo, e a pensare alle persone che hanno scritto tutti quei bellissimi versi. Devo confessarti che le invidio.»
«Perché?» mi domandò lei, incuriosita.
«Perché mi piacerebbe tanto essere come loro, vivere in armonia con ciò in cui credo realmente, senza preoccuparmi tanto del nostro futuro, e di quello che gli altri potrebbero pensare di me.»
«Perché non lo fai, allora?»
Sospirai. «Sai, amore, credo che l'impegno nel lavoro e lo sforzo di costruirci un futuro economico sicuro, ora che le nostre carriere sono bene avviate e la nostra vita naviga in acque tranquille, non mi diano più molti stimoli. Mi sono adagiato nella routine, e ho perso lo spirito di avventura che avevo un tempo.»
«Devi ritrovarlo, Michael. Torna a essere lo spirito libero che eri.»
«Gail, sai bene quanto tempo e quanta fatica ci è costato mettere da parte del denaro per garantirci una vecchiaia serena e avere i mezzi per provvedere alla famiglia, potendo dare ai figli che avremo il meglio della vita. Non possiamo buttare al vento tutti i nostri sforzi. Se lasciamo il nostro lavoro per inseguire qualche folle sogno, rischiamo di perdere la sicurezza economica che abbiamo raggiunto con tanti sacrifici.»
Mia moglie mi fissò con un'espressione seria e determinata.
«Adesso ascoltami bene, Michael Thompson. Se ti

ho sposato, è perché sapevo che un giorno avremmo avuto la possibilità di vivere una vita speciale, senza niente di scontato, senza niente che ci fosse precluso. Ricordi gli spiriti liberi che eravamo quando ci siamo incontrati? Mi sono innamorata di quello che vedevo nei tuoi occhi, ed ero certa che un giorno sarebbe accaduto qualcosa che ci avrebbe aiutati a costruire il nostro piccolo paradiso in terra. Forse, ora è arrivato il momento.»

«Il momento per cosa?»

«Il momento di dare una svolta radicale alla nostra vita. Sai, amore, finora non ho voluto parlartene, ma ora vedo quanta tristezza stai provando, e posso assicurarti che da un po' di tempo io provo il tuo stesso senso di vuoto, come se non ci fosse più alcuno scopo o significato in quello che stiamo facendo. A volte non riesco più a riconoscermi, Michael. Sto dando troppa importanza alla carriera e alla sicurezza economica, e mi accorgo che sto diventando qualcuno che non voglio essere. Ultimamente noi due ci vediamo a malapena, non parliamo più come facevamo un tempo, e comincio ad avvertire un senso di estraneità tra noi. Se tu provi le stesse cose, perché non facciamo in modo di recuperare il nostro spirito di avventura e la passione di una volta? Che cosa può andare storto? Siamo ancora dei sognatori, e ci amiamo. Male che vada, se la nostra nuova vita non dovesse farci sentire meglio, potremo sempre tornare indietro e trovarci un altro impiego. Magari guadagneremo meno, e avremo da parte meno denaro del previsto. È tutto quello che abbiamo da perdere. Mi sembra un rischio che vale la pena di correre, se pensi a tutti i meravigliosi luoghi che potremmo scoprire, le persone che potremmo incontrare, e le cose meravigliose che insieme potremmo imparare da loro.

«Viviamo una volta sola, Michael, e se lasciamo che la vita ci passi accanto senza afferrarla, non avremo una seconda possibilità. Non credi che quando saremo vecchi rimpiangeremo di non avere almeno tentato di realizzare i nostri sogni?»

«È vero, Gail, ma...»

Inavvertitamente urtai il libro, buttandolo giù dal tavolo. Cadde sul pavimento, aprendosi a pagina dodici.

Un viaggio di migliaia di miglia
inizia con il primo passo...
nella giusta direzione.

Entrambi fissammo in silenzio il libro aperto. Gail sorrise, poi rise e mi guardò: «Credo che i tuoi amici stiano cercando di dirti qualcosa, amore».

Viviamo una sola volta, aveva detto Gail. Guardai di nuovo il libro aperto, e seppi che la risposta che cercavo era lì davanti a me. Gail aveva ragione. Non erano degli estranei quelli che mi parlavano attraverso il vecchio libro. Quelle persone avevano scoperto il segreto della vera felicità, e adesso erano venute per aiutarmi a muovere i primi passi verso la vita

che avevo sempre sognato. Se mi fossi fatto coraggio e avessi intrapreso il mio viaggio spirituale, quelle anime affini sarebbero state al mio fianco per sostenermi e guidarmi.
Presi la mano di Gail e la guardai negli occhi.
«Gail...»
«Sì, amore?»
Le mie mani stavano tremando.
«Gail, se qualcosa non andasse bene, se dovessimo soffrire mentre cerchiamo di seguire i nostri sogni, se un giorno ci trovassimo a dover fare a meno delle cose su cui un tempo avevamo contato, tu mi amerai ancora?»
Mia moglie alzò su di me uno sguardo tanto intenso da raggiungermi il cuore, mentre le lacrime facevano luccicare i suoi meravigliosi occhi verdi come smeraldi.
«Io ti amo da sempre, Michael. Ti amavo perfino prima di conoscerti, quando ancora eri solo nella mia fantasia. E qualunque cosa possa accadere, ti amerò per tutta la vita.»
Non sapevo che dire. E del resto, erano i fatti che lei si aspettava da me. Le avevo promesso tante altre volte quelle avventure, quei sogni, ma erano rimaste soltanto parole. Ora lei mi stava pregando silenziosamente di non deluderla ancora, perché quella avrebbe potuto essere l'ultima occasione per salvare la nostra relazione, il nostro matrimonio.
Ero del tutto conscio dell'effetto che le mie prossime

parole avrebbero avuto sul resto della nostra vita, e lasciai che fosse il cuore a suggerirmele.

«Gail, ricordi che una volta fantasticavamo di comprare una barca a vela e partire...»

Non potei finire la frase. Gail mi gettò le braccia al collo e mi strinse con tutte le sue forze.

«Ti amo, Michael Thompson!» esclamò, gli occhi traboccanti di lacrime di gioia.

4

Aspettammo la fine della settimana per cominciare a cercare una barca.

Sebbene fossimo buoni velisti, Gail e io non avevamo mai avuto una barca nostra. Eravamo spesso usciti in mare con imbarcazioni grandi e piccole in compagnia di amici, e anche da soli, ma senza mai avventurarci al di fuori della baia di Auckland – non perché non ce la sentissimo, ma perché non ne avevamo mai trovato il tempo.

Ci avvicinammo a una piccola darsena, dove spiccava un'insegna variopinta con la scritta BARCHE IN VENDITA. In fondo alla banchina, una scaletta di ferro arrugginita portava a un ufficio. Aprimmo la porta, e una suoneria annunciò al proprietario l'arrivo di possibili acquirenti.

«Buongiorno, signori.» Un giovane uomo di bassa statura ci venne incontro tendendoci la mano con l'affabilità di un venditore che vede profilarsi un affare. «Sono John Roberts. In che cosa posso esservi utile?»

«Buongiorno, signor Roberts», risposi. «Io sono Michael Thompson, e questa è mia moglie Gail. Vorremmo acquistare una barca a vela. A dire il vero, non ne abbiamo mai avuta una, quindi gradiremmo che ci desse dei suggerimenti.»

«Bene, siete venuti nel posto giusto», ci assicurò lui, tirando fuori un catalogo di barche sia nuove sia usate. «Che tipo di uso intendete farne?»

«Stiamo progettando un viaggio. Pensiamo di partire da Auckland e raggiungere le Fiji e Vanuatu, per poi tornare indietro passando per la Nuova Caledonia.»

John Roberts sgranò gli occhi, incredulo. «Volete affrontare un viaggio del genere, senza avere mai avuto in mano una barca a vela?»

«Be', sì e no», replicò Gail. «Non abbiamo mai avuto una barca nostra, è vero, ma non siamo alle prime armi come velisti. Ci siamo fatti una certa esperienza nella baia di Auckland, e ora pensiamo di essere pronti per cimentarci in qualcosa di più impegnativo.»

Il signor Roberts era a dir poco sconcertato. «Oh, il viaggio che avete in programma v'impegnerà eccome, se come mi pare di capire non intendete ingaggiare un equipaggio di professionisti. Immagino che lei sarà lo skipper, signor Thompson, e sua moglie l'equipaggio. Non che sia una cosa impossibile da gestire, ma è molto importante scegliere la barca e l'equipaggiamento giusti. Nel vostro caso, dovremo cercare una barca che abbia i tre requisiti fondamentali per navigare in mare aperto: un buono scafo, una buona velatura, e un motore affidabile.» Si alzò, invitandoci a seguirlo. «Vi mostro quello che ho.»

Ci guidò all'estremità della banchina dove teneva le imbarcazioni da diporto più prestigiose: panfili con tutti i più aggiornati accessori tecnici – avvolgimento a rullo automatico della randa e del fiocco, sonar, navigazione guidata dal satellite, sistemi a energia solare – e ogni immaginabile comfort – specchio di poppa praticabile con piattaforma per i tuffi, doccia, zone con tettoia permanente, zona pranzo sottocoperta con tanto di frigorifero e forno a microonde, impianto quadrifonico con lettore CD e via dicendo – di cui potesse essere dotata una barca a vela moderna.
Gail e io passammo da una barca all'altra, curiosando come bambini e cercando di incamerare tutte le informazioni che Roberts ci stava dando. Eppure non eravamo soddisfatti, come se non fosse il lusso che stavamo cercando, ma la sicurezza.
Il venditore si accorse della nostra perplessità.
«Niente panico», ci disse. «Ora vi mostro le barche che io definisco standard.»
Ci accompagnò a un gruppo di barche ancorate sulla destra della banchina. «Fate pure con comodo», aggiunse, invitandoci a esaminarle. «Praticamente ognuna di queste barche sarà all'altezza del vostro viaggio, con solo qualche piccola modifica.»
Cominciammo a passare in rassegna una barca dopo l'altra. Una Catalina, una Benatau, una Hunter... Ciascuna era diversa dall'altra, ma tutte sembravano sicure e in condizioni ragionevolmente buone. E tuttavia, sembrava sempre che mancasse qualcosa. Per

qualche motivo che mi sfuggiva, non ero mai del tutto convinto, e sapevo che Gail condivideva la mia insoddisfazione.

Trascorremmo le tre ore seguenti confrontando modelli, prezzi e caratteristiche, valutando pro e contro di ogni barca, tenendo in debita considerazione aspetti come la facilità di manovra e la stabilità, e sottolineando all'infinito quanto la sicurezza fosse fondamentale, poiché ci saremmo trovati in mare aperto per parecchi giorni alla volta prima di ogni scalo.

Ma nonostante tutto, Gail e io non riuscivamo a deciderci. Continuava a esserci qualcosa di stonato. Sebbene alcune delle barche che Roberts ci aveva mostrato sembrassero impeccabili, non ci sentivamo del tutto a nostro agio al pensiero di trovarci in mare su nessuna di esse.

Alla fine, Roberts si arrese. Rendendosi conto che per quel giorno non avrebbe concluso nessuna vendita, ci diede il suo biglietto da visita e c'invitò a tornare quando ci fossimo chiariti le idee.

«Pensateci su», disse, cercando di dissimulare la propria frustrazione. «Io sono sempre qui.»

Ce ne andammo a testa bassa, domandandoci se non stessimo facendo un passo più grande di noi.

«Non preoccuparti, amore», dissi a Gail. «Meglio riflettere con calma che commettere uno sbaglio.»

«Hai ragione», annuì lei, demoralizzata. «Forse dovremmo ripensare a tutta questa folle idea e...»

S'interruppe bruscamente, fissando oltre la rivendita

di barche. Seguii il suo sguardo, chiedendomi che cosa avesse attirato la sua attenzione, e non vidi altro che una vecchia barca incatenata alla banchina, in disparte, con il cartello VENDESI appeso alla fiancata. Scrutando nella penombra dell'angolo in cui era relegata, notai che il legno dello scafo era parzialmente marcito, e le vele avevano qualche buco. Volsi di nuovo lo sguardo a mia moglie, domandandomi se per caso non avesse temporaneamente perso la ragione.

«Gail, ti senti bene?»

Lei continuò a fissare la barca in silenzio, come ipnotizzata. Poi all'improvviso si girò e si mise a correre verso l'ufficio del signor Roberts.

L'uomo la vide e le andò incontro, affacciandosi alla porta. «Qualcosa non va, signora?»

«Signor Roberts, quella barca in vendita laggiù è sua?»

«Be', sì... ma con quella non c'è da andare tanto lontano. È molto vecchia, e va bene giusto per girare nella baia.»

Fissai mia moglie, attonito.

«Gail, ma che stai facendo?»

Lei non mi rispose.

«Signor Roberts, pensa che potrebbe sistemarla in modo che sia adatta per il nostro viaggio?»

Roberts fissò pensierosamente la barca. «Sì... immagino che si possa fare, ma costerebbe parecchio.»

«Quanto?» lo incalzò Gail.

«Dipende da quello che volete.»

«Tutto quello che occorre perché possa portarci dove vogliamo andare.»

«Non posso farle un preventivo, così sui due piedi», obiettò Roberts.

Gail non si scoraggiò: «Bene, allora torniamo nel suo ufficio, faccia i suoi conti, e poi ci faccia un'offerta per la barca pronta per partire, compreso l'equipaggiamento necessario.»

«Ci vorrà un po' di tempo...»

«Non importa», replicò allegramente Gail. «Mi ci è voluto tanto tempo per ricominciare a sognare. Che sarà mai un paio d'ore? Ho ancora tutto il resto della mia vita.»

Roberts ci guardò come se fosse ormai convinto di avere davanti due matti, ma andò a prendere alcuni manuali su strumenti nautici, apparecchiature radio, struttura navale e altro e si mise immediatamente al computer, battendo numeri, aggiungendo, sottraendo, consultando i suoi volumi.

Mentre era intento al suo lavoro, parlai a bassa voce con mia moglie.

«Gail, ma che stai combinando?»

Lei mi guardò serafica. «Sto facendo qualcosa che avrei dovuto fare molto tempo fa.»

«Vale a dire?»

«Sto seguendo il mio istinto.»

Finalmente la stampante entrò in funzione, e ne uscì un foglio di carta con una lunga lista di numeri e un totale in fondo. Il signor Roberts lo prese, controllò un'ultima volta l'elenco, poi scrisse una cifra sul retro.

Infine ci guardò dritto negli occhi. «Signori, mi avete fatto veramente sudare sette camicie, oggi. Ho già detratto il dieci per cento dal prezzo iniziale, quindi la somma non è trattabile. Questa è la mia ultima offerta: prendere o lasciare. Posso garantirvi che con tutte le apparecchiature di navigazione e le riparazioni allo scafo che ho messo in preventivo, sarete assolutamente al sicuro per intraprendere il vostro viaggio con questa vecchia barca a vela.» Fece scivolare con discrezione il tabulato verso la nostra parte della scrivania, poi si alzò. «Vi lascio soli, così potrete prendere una decisione.»

Gail e io vedemmo il prezzo e ci guardammo sconcertati.

«Gail, non potremo mai fare fronte a una simile spesa!»

«Sì che possiamo. Basterà usare i soldi del nostro fondo pensione.»

«Che cosa? Non possiamo toccare quel denaro, lo sai!»

«Arrivati a questo punto, dobbiamo farlo, Michael. E non vedo che cosa ce lo impedisca.»

Per un istante riuscii a vedere le cose dal suo stesso punto di vista. Aveva ragione lei. Naturale che avremmo potuto usare quel denaro. Era nostro. Risparmiarlo per un tempo ancora lontano era come cercare una scusa per restare aggrappati a una vita stressante che ormai eravamo arrivati a detestare, e tuttavia dava delle sicurezze alle quali ci era difficile rinunciare.

Che cosa sarebbe stato meglio: tenere da parte quel denaro per avere una vecchiaia tranquilla, al riparo dagli stenti, o investirlo in una meravigliosa avventura che avrebbe fatto della nostra vecchiaia un tempo per gioire dei bellissimi sogni che avevamo realizzato in una vita vissuta pienamente? Per giunta, al nostro ritorno avremmo sempre potuto rivendere la barca, recuperando buona parte del nostro capitale. I ricordi, invece, ci sarebbero rimasti per sempre – un tesoro dal valore inestimabile. E quel viaggio avrebbe potuto riavvicinare me e mia moglie. Non avevamo niente da perdere, ora che il nostro matrimonio stava andando a pezzi.

Era un argomento troppo forte per non tenerne conto.

Alzai gli occhi per incontrare lo sguardo trepidante di Gail.

«Sai già qual è la decisione», le dissi.

«Sì!» Gail si alzò e uscì dall'ufficio. «Signor Roberts... affare fatto!»

Lui accolse l'annuncio con un largo sorriso. «Comincerò immediatamente a lavorare sulla barca. Sarà pronta entro due settimane.»

«Perfetto», dissi. Sigillammo l'accordo con una stretta di mano, poi firmai un assegno pari alla metà del prezzo della barca. Il resto sarebbe stato pagato alla consegna.

Il signor Roberts ci accompagnò dove la nostra «nuova» barca era ancorata. Sembrava davvero molto vecchia, eppure aveva un non so che di speciale,

e cominciai a capire come mai Gail ne fosse stata tanto colpita.
«Come si chiama?» domandai.
«A dire il vero, non lo so», rispose Roberts. «La targa con il nome dev'essere andata perduta. Sa com'è, quando una barca è così vecchia...»
«Non ha la documentazione del precedente proprietario?»
«Sì, certo. Ma per qualche strana ragione, il nome della barca non è mai menzionato. Per il resto, c'è tutto: modello, colore, numero del motore, numero d'immatricolazione. Ma niente nome. È registrata solo come barca a vela Catalina. Comunque, credetemi, non è importante; tutti i documenti sono in regola. Inoltre, in questo modo potrete darle il nome che preferite, non vi pare?»

Gail e io restammo alla darsena fin dopo il tramonto, seduti su una panchina proprio di fronte alla barca, fissandola per ore, come due bambini che avessero ricevuto un dono tanto desiderato, ma che non si sarebbero mai sognati di avere.
Eravamo un po' spaventati e non del tutto sicuri di ciò che avevamo deciso di fare. Ma immaginavamo che fosse normale provare un certo sgomento quando si ha di fronte una radicale trasformazione della propria esistenza, quando si sta per lasciare quella che Gail e io chiamavamo «l'area protetta», quella zona circoscritta nel proprio universo personale in

cui regna la routine e ci si sente al sicuro perché tutto è familiare e prevedibile. Quando si sta per valicarne i confini per avventurarsi nell'incognito, è come se all'improvviso venisse a mancare il terreno sotto i piedi.

La voce di Gail mi riscosse dai miei pensieri.

«Che nome le daremo?»

«Come?»

«Che nome daremo alla barca?» ripeté.

«Oh... non saprei. Tu hai qualche idea?»

«No, per ora.»

«Be', allora sarà meglio pensarci in un altro momento.» Mi alzai. «Andiamo a casa, Gail. Si sta facendo tardi.»

«Non voglio andare via», ribatté. «Ho paura che se adesso ce ne andiamo, l'incantesimo si spezzerà e cominceremo ad avere dei ripensamenti.»

Gail era bellissima quando era preoccupata. I suoi occhi verdi lasciavano trasparire ogni suo turbamento con una sincerità disarmante. Non aveva mai imparato a mentire, e questa era una delle cose che più amavo in lei; uno dei motivi per cui mi angosciava tanto l'idea di perderla.

«Non temere», la rassicurai. «Domani la barca sarà ancora qui, e arrivati a questo punto, non credo proprio che torneremo sulla nostra decisione.»

Gail mi guardò. «Va bene, mi fido di te.»

La presi per mano e ci avviammo lentamente verso la nostra auto. Non ricordavo quanto tempo fosse passato dall'ultima volta che avevamo camminato insieme mano nella mano senza parlare, perché i nostri silenzi erano più densi di significato di qualunque discorso.

Cominciammo subito a fare i preparativi per poter partire non appena la nostra barca senza nome fosse stata pronta a prendere il largo.
Roberts ci aveva spiegato che, nonostante le apparenze, le condizioni generali dell'imbarcazione erano piuttosto buone. Pareva che il precedente proprietario avesse fatto un ottimo lavoro di manutenzione: le eliche non erano minimamente arrugginite, il motore funzionava ancora come un orologio, e lo scafo era meno malridotto di quanto potesse sembrare. Al momento di partire, avremmo potuto contare su una barca assolutamente affidabile e molto maneggevole. Un impianto per CD, un angolo cottura completo di forno, stoviglie in acciaio inossidabile, un servizio da tavola della migliore qualità e una doccia ci avrebbero garantito il giusto comfort, senza sconfinare in un lusso eccessivo. Il GPS, una nuova apparecchiatura radio basata sulla trasmissione satellitare, avrebbe provveduto a tenerci costantemente in contatto con la guardia costiera, segnalando la nostra posizione e permettendoci di comunicare in qualunque momento per ricevere informazioni e, in caso di necessità, tempestiva assistenza.
Gail e io, al momento, eravamo completamente pre-

si dagli aspetti pratici e dal definire meglio i particolari della nostra avventura. Preoccupandoci del nostro benessere materiale, eravamo molto lontani dalla verità che stavamo per scoprire: i veri tesori della vita.

5

Erano passate due settimane dall'acquisto della nostra barca quando Roberts ci telefonò per annunciarci che era pronta. Gail e io ci precipitammo alla darsena. Sulle prime, riconoscemmo a stento la barca che avevamo comprato. Era stata riverniciata a nuovo, e il bianco smagliante dello scafo non riusciva a distogliere la nostra attenzione dallo scintillio del ponte lucidato. Il profumo del truciolato di cedro usato per i restauri e il candore delle vele completavano l'incanto: la barca dei nostri sogni si era finalmente materializzata.
Sottocoperta, la modernità dell'angolo cottura e il frigorifero contrastava con lo stile rustico del tavolo, dove Gail e io avremmo trascorso molte ore delle nostre giornate cucinando e gustando cibi esotici che ci avrebbero in qualche modo avvicinati maggiormente alle diverse culture dei luoghi che avremmo visitato. Roberts aveva provveduto a fare installare tutti gli optional previsti, oltre a sostituire buona parte della poppa e tutto l'equipaggiamento di navigazione. La goletta di quattordici metri era diventata un autentico gioiello.
Saldammo il nostro debito con il signor Roberts e ri-

tirammo la documentazione che attestava che la barca senza nome adesso apparteneva a noi.

«Vi auguro uno splendido viaggio, signori. E ricordate che al vostro ritorno sarei senz'altro interessato a ritirare la barca.»

«Grazie per l'offerta», risposi. «Si vedrà quando torneremo.»

Ci salutammo con una stretta di mano, e quando ce ne andammo Gail aveva un sorriso tanto radioso da far impallidire il sole.

Il mattino dopo mi recai in ufficio per il mio ultimo giorno di lavoro. I miei colleghi erano stati molto gentili con me quando avevo annunciato che me ne sarei andato, e sebbene molti di loro non riuscissero a comprendere la mia scelta, mi augurarono tutti buona fortuna. Dopo pranzo bevvi un paio di drink con loro, poi passai a salutare il mio capo. Mi aspettavo che non si sarebbe fatto scappare l'occasione per criticarmi un'ultima volta, e fui piacevolmente sorpreso di constatare che mi ero sbagliato.

«Sentiremo la sua mancanza», disse invece, e per un momento scorsi un'ombra di invidia nei suoi occhi.

Ero sbalordito, ma ora più sicuro che mai di aver preso la decisione giusta.

Lasciato l'ufficio, andai al parcheggio a prendere la macchina. Stavo per avviare il motore, quando all'improvviso mi venne in mente qualcosa.

Il signor Blake.

Dovevo passare a salutarlo, prima di partire. Di solito facevo un salto alla sua libreria un paio di volte alla settimana, e non vedendomi per tanto tempo si sarebbe chiesto che fine avessi fatto. Inoltre, mi sembrava giusto informarlo del viaggio; ero certo che sarebbe stato felice per me. Speravo soltanto che il negozio fosse ancora aperto.

Scesi dalla macchina e attraversai la strada, come avevo fatto tante altre volte. La libreria era aperta, e trovai il signor Blake seduto a leggere.

«Signor Blake!»

«Salve, amico mio.» Si alzò per venirmi incontro. «Come va?»

«A meraviglia, signor Blake. Sono venuto a salutarla.»

«È in partenza?»

«Sì. Mia moglie e io abbiamo comprato una barca a vela e stiamo per fare un lungo viaggio. Immagino che non ci vedremo per parecchio tempo, così ho pensato di passare a farle un saluto.»

«Molto gentile da parte sua, signor Thompson.» Mi sorrise compiaciuto. «E così, lo ha fatto.»

«Ho fatto *cosa*?»

«Ha lasciato il lavoro per seguire finalmente i suoi sogni.»

«Be', sì... almeno per un po'. Ho bisogno di trovare uno scopo in quello che sto facendo, di scoprire chi sono veramente.»

«Sa che cosa ha detto il nostro amico Samuel Butler?»
«Chi?»
«Samuel Butler, un altro di quegli autori di cui sta leggendo ultimamente. '*La vita è come la musica: dev'essere composta a orecchio, seguendo il sentimento e l'istinto, non le regole.*'»
Andò allo scrittoio in fondo al negozio, si sedette e aprì un cassetto, dal quale tirò fuori un pacchetto delle dimensioni di un grosso libro, avvolto in una semplice carta da regalo.
«Per lei e la sua signora», disse, porgendomelo.
«Signor Blake, non doveva...» cominciai, ma mi interruppi di colpo, sconcertato. «Come faceva a sapere che stavo partendo?»
Lui mi sorrise. «L'ho sempre saputo, signor Thompson. Sapevo che avrebbe avuto la forza di seguire il suo cuore.»
Feci per scartare il pacchetto, ma lui mi fermò.
«No, aspetti! Per favore, non lo apra ancora.»
«Non devo aprirlo?» domandai, perplesso.
«No, non prima che lei e sua moglie siate partiti. È molto importante. Faccia contento un vecchio che ha vecchie abitudini. Chissà, potrebbe portarle fortuna.»
Ero piuttosto scettico. «Be', se lei preferisce così...»
«Sì, signor Thompson, grazie. Non lo apra finché non avrà lasciato il porto sulla sua barca a vela per iniziare il suo viaggio.»
Feci un cenno di assenso, poi mi accomiatai con

una forte stretta di mano. Il signor Blake mi si avvicinò e mi abbracciò.
«Be', arrivederci, allora», dissi, un po' confuso.
«Arrivederci», mi rispose. Mentre stavo per lasciare il negozio mi richiamò indietro. «Signor Thompson...»
«Sì?»
«Un'ultima cosa. Per quanto possa sembrarle assurdo... una volta aperto il regalo, mi prometta che lo conserverà fino alla fine del viaggio, qualunque cosa accada.»
«Signor Blake, sta cominciando a spaventarmi.»
«Mi spiace, non intendevo turbarla. Lo faccia per un vecchio...»
«E va bene», tagliai corto, in tono un po' brusco. «Non lo aprirò prima di essere partito, e lo conserverò per tutto il viaggio.»
«Grazie, signor Thompson.» Si tolse gli occhiali e mi fissò con un sorriso incredibilmente luminoso. «Che la tua vita sia meravigliosa, Michael.»
Si volse e tornò al suo mondo di libri, al quale apparteneva.
Senza parole, aprii la porta e lasciai la libreria. C'erano ancora tante cose da fare prima della partenza.

Il sole stava gradualmente scomparendo dietro l'orizzonte, tingendo il cielo di una luminescenza arancione. L'acqua limpida e azzurra scintillava di riflessi dorati, e le lievi pennellate delle nuvole completavano il quadro. Un improvviso calore pervase il mio animo.

Era uno spettacolo meraviglioso, ed ero convinto che fosse un buon auspicio per il nostro viaggio.
Gail e io stavamo sorseggiando del caffè a bordo della nostra barca, contemplando insieme lo splendore del tramonto sul mare. Terminati tutti i preparativi, avevamo deciso di passare la notte sulla barca – una notte satura dell'odore del mare – per essere pronti a partire la mattina presto.
I bagliori dell'ultimo sole si smorzarono in un romantico crepuscolo, e poi il cielo divenne un velluto nero trapuntato di mille minuscole luci baluginanti. Non avevo mai visto le stelle brillare con tanta intensità, e mi sentii in soggezione davanti alla magnificenza del firmamento. Là sul mare appariva tutto così puro, incontaminato, come se la città fosse già lontanissima.
«Sono così felice che abbiamo preso questa decisione», disse Gail. «Già mi sento meglio, semplicemente stando qui seduta sul ponte della nostra barca; più vicina alla mia vera natura, come se stessi cominciando a disintossicarmi dai condizionamenti che mi stavano soffocando. Ma ci pensi? Siamo liberi, senza cartellini da timbrare, senza programmi rigidi, senza binari da seguire. Possiamo fare quello che vogliamo, fermarci dove e quando ci va per tutto il tempo che ci pare. Dio, mi sento così giovane!» S'interruppe, guardandomi incuriosita. «Michael, mi stai ascoltando?»
Trasalii. «Scusa, amore, ero distratto», ammisi.

«Gail... ti ho detto che il signor Blake ci ha fatto un regalo per il nostro viaggio?»
«No. Che cos'è?»
«Non lo so. È una storia un po' strana. Mi ha chiesto di non aprirlo finché non fossimo stati in mare, e mi ha fatto promettere che, qualunque cosa accadesse, lo avremmo tenuto fino alla fine del viaggio.»
«Be', lo sai che i librai sono sempre tipi un po' eccentrici», commentò lei. «E il signor Blake è anche piuttosto avanti con gli anni. Dov'è questo misterioso regalo?»
«Giù in cabina», risposi.
«Allora vallo a prendere e apriamolo.»
«Ma ho promesso di aspettare di essere in mare...»
«Non sei curioso?»
«Certo che lo sono. Ma credo che dovremmo rispettare i suoi desideri. È stato lui a vendermi il libro che ha dato inizio a tutto questo.»
«Sì, ma tecnicamente si può dire che siamo in mare», obiettò Gail. «Non scenderemo a terra prima della partenza, e non siamo ancora fuori del porto, ma nemmeno ormeggiati alla banchina.»
«E va bene, tu riesci sempre a spuntarla», mi arresi con un sorriso. «Vado a prenderlo.»
Scesi sottocoperta, lo tirai fuori dall'armadietto dove lo avevo riposto e tornai sul ponte.
«Aprilo tu», dissi a Gail, porgendoglielo.
«Perché io?»
«L'idea è stata tua», replicai. «E se dovesse venirne

fuori una maledizione o qualcosa del genere, colpirà solo te.»

«Codardo!» mi accusò Gail, ridendo. Scartò con cura il pacchetto, rivelando una piccola scatola di legno chiusa con un lucchetto in cui era inserita la chiave.

«Dobbiamo aprirla?» domandai, esitante.

«Secondo te che cosa c'è a fare la chiave?» scherzò Gail.

Girò la chiave, sfilò il lucchetto e sollevò il coperchio.

«Che cos'è?» chiesi.

Gail mise una mano nella scatola e ne tirò fuori il contenuto.

«È un libro», annunciò.

«Sembra molto vecchio», osservai.

Gail lo aprì con delicatezza. Sulla prima pagina c'era una dedica:

A Michael e Gail Thompson,
salpati il 3 marzo 1998 da Auckland, Nuova Zelanda,
a bordo di Vela Bianca,
per un viaggio di ricerca spirituale.

Che i vostri giorni possano essere colmi di gioia,
e le vostre notti allietate da dolci sogni,
presagio della magia che troverete nel cammino.
Che i vostri sogni più belli possano diventare realtà,
e in seguito meravigliosi ricordi.
Che mai possiate dimenticare...

Thomas Blake

Gail e io ci guardammo stupiti.
«Come faceva a sapere che saremmo partiti?» dissi, attonito. «Io gliel'ho detto soltanto la sera in cui sono passato a salutarlo, e aveva il pacchetto già pronto!»
«Strano», mormorò Gail, pensierosa. Girò lentamente le prime pagine del libro a una a una. Poi cominciò a sfogliarlo sempre più in fretta.
«Questo è assurdo!» esclamò.
«Che c'è?»
«A parte quello che il signor Blake ha scritto all'inizio, le pagine di questo libro sono tutte in bianco!»
«È impossibile.» Lo presi e controllai pagina per pagina. Gail aveva ragione. Non ce n'era una che fosse stampata! «Perché il signor Blake avrà fatto una cosa del genere?»
«Non ne ho idea», rispose Gail. «Non ti ha detto niente che possa spiegarlo?»
Scossi la testa. «Mi ha solo dato le istruzioni che ti ho detto.»
«Già... si è anche raccomandato che lo tenessimo fino alla fine del viaggio.» Gail sospirò. «Proprio non riesco a capire.»
«Che dobbiamo farne?» domandai.
Restammo in silenzio per un po', riflettendo.
Fu Gail la prima a parlare: «Io credo che dovremmo tenerlo. Quell'uomo ha qualcosa di speciale nello sguardo, e a meno che abbia problemi di senilità, cosa che non credo, non ci avrebbe fatto questo strano dono senza un buon motivo».

«Se la pensi così, per me va bene. In fondo, non vedo che male può fare portarlo con noi per tutto il viaggio. Magari potremmo usarlo come diario.»
Poi mi venne in mente qualcos'altro.
«Gail... ti spiacerebbe leggermi di nuovo quella dedica?»
Mia moglie riaprì il libro e cominciò a leggere ad alta voce: «'A Michael e Gail Thompson, salpati il 3 marzo 1998 da Auckland, Nuova Zelanda, a bordo di *Vela Bianca...*»
S'interruppe e alzò su di me uno sguardo meravigliato.
«Come poteva conoscere l'esatta data della nostra partenza?» domandai, preso da un acuto senso di inquietudine.
Gail, invece, sembrava stranamente calma, nonostante lo stupore.
«C'è dell'altro», mi fece notare. «Ricordi che la nostra barca non ha ancora un nome?»
Ci fissammo l'un l'altra per qualche istante, senza sapere che cosa pensare.
Poi lei volse lo sguardo all'orizzonte, i capelli scompigliati dalla brezza marina, e un sorriso affiorò lentamente alle sue labbra.
«*Vela Bianca*», bisbigliò. «Mi piace.»

6

Il tempismo è essenziale, quando si prendono decisioni destinate a cambiare il corso della propria esistenza.

Non basta fare la cosa giusta per approdare a un porto sicuro: è altrettanto importante farla al momento giusto. Tutto ha una sua precisa collocazione nella vita, ed è sbagliato cercare di affrettare i tempi; ma quando arriva il momento bisogna essere pronti ad afferrarlo, perché se lo si lascia sfuggire potrebbe non ripresentarsi una seconda occasione.

Quel mattino orientammo le vele di *Vela Bianca* verso l'orizzonte. Il cuore ci batteva forte, il vento ci soffiava in faccia e l'adrenalina scorreva nelle nostre vene mentre i gabbiani bianchi e grigi di Auckland ci scortavano fuori dalla baia. Succede sempre che quando abbiamo aspettato tanto che un sogno si realizzi, quando abbiamo fatto tanti sforzi per concretizzarlo, e finalmente viene il momento di cominciare a viverlo, sulle prime non riusciamo a crederci. Ci vuole un po' di tempo perché possiamo convincerci che è proprio vero, e allora si prova una soddisfazione immensa. Ci si sente un po' speciali, diversi dagli altri. E fu quello che accadde a Gail e a me. Sebbene avessimo appena iniziato la nostra avventura, sentivamo di avere già compiuto una meravigliosa impresa: eravamo riusciti a far coincidere il sogno con la realtà.

Dopo un'ora di navigazione perdemmo di vista Auckland. Avevamo deciso di puntare verso nord-est, in direzione delle Kermadec, un gruppo di isole vulcaniche sotto la giurisdizione della Nuova Zelanda, a seicento miglia da Auckland. Era la prima volta che Gail e io ci trovavamo da soli in mare aperto, e sebbene il senso di libertà fosse esaltante, non potevamo nasconderci di provare anche una certa apprensione.
«Gail?»
«Sì?»
«Potrà sembrarti ridicolo, a questo punto, ma volevo dirti che siamo ancora in tempo per cambiare idea. Forse abbiamo preso una decisione troppo avventata.»
Vidi dalla sua espressione che lei nutriva i miei stessi dubbi. Per quanto si sforzasse di dirmi che tutto sarebbe andato bene, che avevamo il migliore equipaggiamento, che non ci sarebbe potuto succedere niente, in cuor suo sapeva perfettamente che ci eravamo imbarcati in un'impresa rischiosa senza avere la necessaria esperienza. E sebbene la nostra relazione avesse cominciato a dare segni di ripresa, entrambi avvertivamo ancora quella distanza tra le no-

stre anime che ci impediva di fidarci completamente l'uno dell'altra.

«Forse ci converrebbe tornare in porto, finché non siamo ancora troppo lontani», suggerii, «e riflettere bene su...»

In quel momento una gentile brezza proveniente da ovest aprì il libro che avevamo ricevuto in dono dal signor Blake, e con nostra grande sorpresa ci accorgemmo che vi era scritto qualcosa:

Non abbiate paura della vastità dell'Universo,
perché in essa troverete il vostro posto.

Thomas Blake

Gail e io ci fissammo sbigottiti.

«Ma... mi sembrava che non ci fosse scritto niente», mormorò Gail, confusa.

«Gail, abbiamo controllato tutti e due», le feci notare. «Sono assolutamente sicuro che non ci fosse scritto niente, eccetto la dedica. Guarda, è la seconda pagina. Non avrebbe potuto sfuggirci, a meno che fosse incollata alla successiva.»

«Ma se era incollata, come ha fatto a staccarsi?»

Restammo in silenzio per qualche istante. Poi Gail mi prese le mani e se le portò al viso. «Michael, sta accadendo qualcosa di strano e meraviglioso, e anche se sono un po' spaventata, ora so che dobbiamo credere in questo sogno.»

«Sì, penso che tu abbia ragione.»

Chiusi il libro e feci per riporlo nella sua scatola, ma Gail mi fermò.
«Lasciamolo fuori, almeno finché il tempo è buono.»
«Sei sicura?»
«Sì. Ho un presentimento.»
Non replicai. Quando Gail aveva un presentimento, era meglio non ignorarlo.

7

Eravamo in viaggio ormai da una settimana – una settimana durante la quale avevamo imparato molte cose.
Avevamo iniziato a familiarizzare con i venti che spiravano in quella regione del mondo. Allontanandoci dalla costa neozelandese, cominciammo a sentire i venti del sud provenienti dall'Antartico che spesso soffiavano in quel periodo dell'anno e già stavano imperversando sulla parte meridionale della Nuova Zelanda, rendendo le acque infide per la navigazione. Eravamo stati informati di forti raffiche, fino a quaranta nodi, e mari agitati nei pressi dello stretto di Cook, che divideva le due principali isole dell'arcipelago neozelandese. Ma noi ci stavamo dirigendo a nord, verso acque più calde, e calcolando che stavamo procedendo a una media di cento miglia al giorno, se tutto fosse andato bene avremmo raggiunto le Isole Kermadec entro il 17 marzo, con buon anticipo sul monsone che stava sopraggiungendo da sud. Questo ci avrebbe permesso di abituarci a *Vela Bianca* mentre il tempo era mite ed eravamo ancora non troppo distanti dalla costa e dalle dipendenze della Nuova Zelanda. Inoltre, grazie al-

la sofisticata apparecchiatura installata da Roberts, la guardia costiera poteva essere regolarmente informata della nostra posizione, e questo ci faceva sentire molto più sicuri, specialmente nei primi giorni del nostro viaggio.

Avevamo scoperto che nel pomeriggio potevamo veleggiare più agevolmente e speditamente, poiché il vento caldo che solitamente soffiava da ovest si faceva più fresco e deviava verso nord-est, sospingendo *Vela Bianca* nella direzione giusta e risparmiandoci molte manovre per tenere la rotta.

Per questo decidemmo di modificare un po' le nostre abitudini, anticipando il pranzo in modo che ci restasse tempo per riposare e fossimo pronti per sfruttare al massimo le condizioni favorevoli del pomeriggio, andando avanti possibilmente fino a notte inoltrata. Durante la mattinata ci divertivamo a pescare e cucinare, in attesa che il vento cambiasse. Era facile accorgersene, perché la temperatura si abbassava notevolmente, dandoci ristoro dal forte sole di mezzogiorno.

Questo semplice cambiamento di ritmi ci fece comprendere che molti degli orari che avevano scandito le nostre giornate a casa non erano che convenzioni, consuetudini dettate dalla comodità, e che ora potevamo tranquillamente sostituire con altre, o eliminare di sana pianta. In città, pranzare alle undici sarebbe stato inconcepibile. Ma qui non c'erano schemi prestabiliti. Senza accorgercene, avevamo cominciato a vedere le cose in modo differente, da un'altra prospettiva. Nella libertà e solitudine in cui eravamo immersi non esistevano regole e tutto era possibile; avevamo a disposizione il nostro tempo, e potevamo adattarlo alle nostre esigenze, invece di esserne schiavi – il presupposto essenziale perché avesse luogo un reale cambiamento.

Un pomeriggio orientammo le vele come al solito. La brezza era debole, quindi era meglio allentare un po' il fiocco per sfruttarla al massimo. Procedendo per tentativi ed errori, avevamo cominciato a imparare come dare la giusta tensione alle vele, tirando o allentando le scotte e le drizze, e con la pratica utilizzavamo i verricelli con sempre maggiore padronanza.

Ma questa volta, qualcosa andò storto. Avevamo finito di regolare le vele nella posizione ottimale per sfruttare la brezza, ma all'improvviso una raffica di vento venne dalla direzione opposta, spezzando il nodo della drizza e facendo ruotare la randa. Mi gettai fuoribordo per schivarla, e dall'acqua, come al rallentatore, la vidi arrivare addosso a Gail.

«Gail, attenta!» gridai.

Troppo tardi. Lei fece del suo meglio per schivarla, ma fu inutile. Con un pesante tonfo, il boma la colpì al braccio.

Risalii a bordo, assicurai la drizza allo strozzascotte e corsi al fianco di mia moglie.

«Gail, stai bene?»

La vidi trattenere le lacrime a fatica. «Sto bene», mi rassicurò. «Non credo ci sia niente di rotto.»
«Non muoverti, torno subito.»
Mi precipitai in cabina a prendere la cassetta del pronto soccorso. Sembrava che tutto fosse lì a portata di mano, tranne quello che cercavo. Rovistai freneticamente dappertutto, mentre dal ponte mi giungeva il pianto sommesso di Gail. Doveva farle molto male. Finalmente trovai la cassetta e tornai di corsa da lei. Stava tremando; evidentemente il dolore e lo spavento si stavano ripercuotendo sui suoi nervi.
Cominciai a tastarle con cautela il braccio per verificare se ci fossero fratture.
«Ti farò un po' male», la avvertii. Lei mi lasciò fare, sopportando coraggiosamente. Per fortuna non c'erano ossa rotte, ma la parte inferiore del suo braccio stava diventando di tutti i colori dell'arcobaleno. Le frizionai delicatamente il braccio con una pomata lenitiva, poi lo fasciai con una benda elastica, e infine lo immobilizzai con un bendaggio a fionda.
«Ecco fatto», dissi, poi la guardai e le diedi un lieve bacio. «In un paio di giorni sarai come nuova.»
«Questa non ci voleva», gemette lei. «Non potrò esserti di nessun aiuto. Mi sento così inutile!»
«Non dirlo nemmeno», replicai. «Farai quello che puoi, e per i prossimi giorni ce la prenderemo comoda. Tanto, non ci corre dietro nessuno.»
«Non voglio essere un peso», mormorò Gail, avvilita. «Speravo che questo viaggio ci aiutasse a riavvicinarci, ma adesso...»

Si sedette, scosse la testa e cominciò a piangere. Lo sconforto e il dolore fisico si acuivano a vicenda. Prima che potessi dirle qualcosa per calmarla, quello strano vento che stavo imparando a riconoscere tornò, aprendo il libro:

Coloro che si lamentano della vita,
che mai direbbero della morte?
Thomas Blake

Gail mi guardò sgomenta. «Che cosa può significare?»
«Be', mia cara, credo che il nostro vecchio amico voglia ricordarti che sei ancora viva, e dovresti cercare di non lamentarti del dolore che provi, perché se non potessi sentirlo, non saresti nemmeno in grado di provare gioia, o amore, o tutte le altre cose belle della vita.»
Gail volse lo sguardo all'orizzonte, come se cercasse di vedere la propria anima rispecchiata nel mare. «Hai ragione», disse, asciugandosi le lacrime. «Poteva andare molto peggio. Invece di commiserarmi, dovrei essere felice che tu non ti sia fatto male, e io me la sia cavata con così poco. È stato solo un piccolo incidente che non sciuperà il nostro sogno.»
Le sorrisi. «Sembra che tu abbia ricevuto il messaggio.»
In quel momento una folata accarezzò il libro, voltando la pagina. Entrambi guardammo se vi fosse scritto qualcosa, ma era bianca.

«Stavolta è stata solo una coincidenza», commentai, chiudendo il libro.
Il vento si alzò di nuovo, riaprendolo alla stessa pagina bianca.
«Meglio che lo porti in cabina», dissi. Feci per prendere il libro, ma Gail trattenne la mia mano.
«No. Lascialo lì.»
Stava sentendo qualcosa che io non riuscivo a percepire. Rimasi in silenzio, aspettando.
Poi la sua voce mi giunse confusa con quella del vento: «Non perdere mai di vista il grande disegno. Non distogliere mai lo sguardo dal tuo sogno».
«È molto bello, Gail. Dove lo hai sentito?»
«Mi è appena venuto in mente.»
«Non ti sapevo così poetica.» Mi alzai. «Adesso è meglio che tu vada a riposare. Io sistemo qui, poi ti raggiungo.»
«Grazie, amore.» Si avviò verso il boccaporto.
«Gail, fermati!»
Si girò a guardarmi, allarmata. «Che succede?»
«Vieni a vedere!»
Mi raggiunse, ed entrambi fissammo la pagina che poco prima era stata solo un foglio bianco.

Non perdere mai di vista
il grande disegno.
Non distogliere mai lo sguardo
dal tuo sogno.

Gail

Restammo in silenzio a guardarci, e per un istante scorsi un barlume di puro amore scaturire dai suoi occhi verdi; quell'amore che mi era tanto mancato e stavo disperatamente cercando di riconquistare.
«Che ne pensi?» mi domandò.
«Credo che stiamo cominciando a ricordare chi siamo tu e io, Gail... chi siamo *noi.*»

8

I fari guideranno sempre un marinaio, anche nella più buia delle notti.

Questa è una lezione che imparammo arrivando a notte fonda alle Isole Kermadec. Avevamo preferito non addentrarci nella baia interna, perché non avevamo ancora acquisito sufficiente familiarità con le carte nautiche, ma la sola vista del fascio di luce che s'irradiava dal faro bastava a farci sentire al sicuro, protetti, come se uno sguardo attento e benevolo vigilasse su di noi.

Avevamo avuto dei giorni difficili, ora che gli alisei cominciavano a spostarsi verso nord alla fine dell'estate australe, dando origine a fenomeni monsonici; ma *Vela Bianca* si era rivelata un'indomita navigatrice, agile e sicura come i delfini che ci avevano accompagnato nell'oceano aperto. Inoltre, il braccio di Gail era guarito perfettamente, e stavamo entrambi diventando buoni velisti.

Il mattino dopo restammo stupefatti alla vista delle imponenti montagne vulcaniche di Sunday Island, la più grande delle Kermadec, e la sola abitata, con una stazione meteorologica installata alcuni anni prima. L'incanto di quelle isole incontaminate era tale da lasciare ammutoliti, e il meraviglioso spettacolo della natura ci colmò gli occhi e il cuore. L'isola era rivestita di un lussureggiante manto di vegetazione che si fermava solo alle ripide scogliere a picco sul mare. Centinaia di uccelli migratori, inclusa la procellaria, un uccellino più piccolo del palmo di una mano che viaggia dalla tundra siberiana fino all'Australia meridionale e alla Tasmania, volteggiavano nel cielo sopra le isole, tuffandosi di tanto in tanto nella foresta pluviale per procurarsi del cibo. Quei volatili usavano Sunday Island come scalo nella loro migrazione verso l'estate dell'emisfero boreale.

Le nostre mappe ci avevano suggerito di accostarci a Sunday Island da occidente, dove sulla sua costa si apriva un passaggio per entrare in una meravigliosa laguna corallina. Una volta oltrepassata l'imboccatura, virammo verso il piccolo molo al centro della laguna. Una delle più belle caratteristiche dell'isola era il suo rilievo più alto, il monte Mumukai, che si innalzava a poco più di cinquecento metri sul livello del mare. La sua sommità verdeggiante protesa verso il cielo e le sue gentili pendici boscose sembravano invitarci a una passeggiata non troppo impegnativa che ci avrebbe ricompensati con una vista da mozzare il fiato. Decidemmo di dedicare il giorno seguente al trekking, anche perché quell'isola, essendo così lontana dal continente, aveva sviluppato un ecosistema unico, e vi si potevano osservare specie che non si trovavano in nessun altro luogo al mondo.

Per quel primo giorno, però, ci limitammo a guardarci attorno, prendendo contatto con gli abitanti del posto – per lo più discendenti dei primi coloni, arrivati lì come deportati dall'Inghilterra a bordo di navi galera – ai quali era affidata la manutenzione della stazione meteorologica e di comunicazione. Ciò che ci colpì maggiormente fu il loro approccio alla vita, tanto differente dal nostro. Sembrava che non conoscessero la fretta; facevano ogni cosa con la massima placidità, prendendosi tutto il tempo per godere dei semplici piaceri della loro semplice esistenza. La mentalità di quella gente ci risultava ancora di difficile comprensione, contrastante com'era con la frenesia e l'ambizione del nostro mondo. Sebbene ci venisse spontaneo pensare che avrebbero potuto darsi un po' più da fare per migliorare il proprio tenore di vita, in fondo al cuore sentivamo che loro avevano già raggiunto quell'armonia che noi anelavamo.

Quella sera ci ritirammo presto, in previsione della camminata che avevamo in programma per il giorno dopo. Prima di andare a dormire, però, ci soffermammo sul ponte a guardare la notte, calata su quell'angolo di paradiso, che aveva portato una tiepida brezza che faceva beccheggiare leggermente la barca, mentre l'acqua increspata dalla marea sciabordava sotto lo scafo. Una miriade di stelle luccicanti punteggiava la volta del cielo, e la sagoma della montagna che avremmo scalato il giorno seguente si stagliava nel chiarore argenteo della luna piena. L'aria ai tropici era piacevolmente calda anche di notte, e ci avvolgeva in un'atmosfera di affascinante tepore.

Gail stava fissando l'orizzonte, sorseggiando un bicchiere di vino rosso bene invecchiato.

«A che cosa stai pensando?» domandai, vedendola così assorta.

Lei mi rispose senza voltarsi: «Michael, ricordi il giorno in cui siamo partiti da Auckland? Per la prima volta in vita nostra ci siamo avventurati in mare aperto, noi due da soli. Ricordi i dubbi che ci hanno assalito, quando abbiamo perso di vista la terraferma? Stavamo perfino pensando di tornare indietro».

«Certo che me ne ricordo», replicai. «Perché me lo chiedi?»

«Pensa che cosa ci saremmo persi, se avessimo deciso di rinunciare. Tutto questo è sempre stato qui, e non dovevamo fare altro che venire a vederlo. Mi domando quante persone si rendano conto dell'importanza di certe scelte, di quanto possano incidere sul resto della loro vita.»

«In che senso?»

«Vedi, prima di arrivare qui, ero talmente presa dal mio mondo da non accorgermi di quanto lontana e insieme vicina fossi dai miei sogni. Lontana, perché chiudendomi nel guscio della routine quotidiana, mi ero convinta che non ci fosse un modo diverso o migliore di vivere la mia vita. Eppure vicina, perché in fondo al mio cuore ero certa che esistesse un posto come questo. Ero io che mi negavo esperienze simili, rifiutando di correre dei rischi.»

La guardai un po' pensieroso. «È vero, abbiamo preso una decisione che probabilmente cambierà la nostra vita per sempre, e sono più che convinto che sia stata una scelta coraggiosa. È facile dire che abbiamo fatto la cosa giusta, adesso che sappiamo che tutto sta andando bene, e cominciamo a trovare delle conferme di avere agito nel modo migliore. Sì, ora sentiamo con sempre maggiore chiarezza che era questo il nostro destino. Ma ciò non toglie che richieda coraggio lasciarsi tutto alle spalle come abbiamo fatto noi, senza sapere che cosa possa riservare il futuro.»

«È stata una decisione che avremmo dovuto prendere tanto tempo fa, Michael. E ora mi rendo conto che più si aspetta, più diventa difficile, perché inconsapevolmente costruiamo un muro intorno a noi, cercando di difenderci dal dolore che può venirci dall'esterno, e così facendo ci precludiamo tante esperienze che potrebbero arricchirci, ci neghiamo la gioia di conoscere i mondi differenti che esistono al di là dei confini in cui ci siamo rifugiati. Pensandoci, forse è solo il nostro atteggiamento mentale quello che conta.»

La leggera brezza si fece più forte, e capimmo immediatamente che la saggezza delle riflessioni di Gail in quella notte stellata aveva evocato la magia del dono del signor Blake. Il libro si aprì, e sotto i nostri occhi cominciarono ad apparire le parole:

Le scelte che facciamo
tracciano il percorso
della nostra vita.
Gail

Gail e io ci scambiammo un lungo, intenso sguardo.
Fu lei la prima a parlare.
«Spero che abbiamo fatto la scelta giusta, amore», mormorò.
«Lo spero anch'io», sospirai.

Ci svegliammo ai primi raggi del sole. Il cielo era terso, dell'azzurro più perfetto che ci si possa immaginare. Ci aspettava una lunga marcia, quindi avevamo deciso di avviarci di buon'ora per evitare che il gran caldo delle ore centrali della giornata ci sorprendesse mentre eravamo ancora in cammino. Portammo con noi acqua in abbondanza, e cibo a sufficienza per due pasti. Avevamo calcolato di impiegare tre ore ad arrivare in cima alla montagna, e sarebbe stato perfetto consumare il pranzo al sacco lassù, riposandoci e ammirando lo splendido panorama.
A circa un quarto della salita, deviammo dal sentiero per affacciarci a un'apertura che ci aveva incuriositi. Dava accesso a un'ampia caverna che andava

restringendosi a imbuto in una specie di tunnel naturale, in fondo al quale si vedeva la luce. Procedendo carponi, attraversai la breve galleria, e sbucai in quello che mi sembrò un cantuccio del giardino dell'Eden. Chiamai Gail, incoraggiandola a raggiungermi.

«Guarda!» esclamai, scorgendo dei banani poco distanti. «Andiamo a raccogliere qualche frutto.»

«Sei sicuro?» esitò lei. «E se perdiamo il sentiero?»

«Non c'è da andare tanto lontano», la rassicurai. «Lo ritroveremo.»

Camminammo fino alla pianta più vicina. Era carica di caschi di banane mature, gialle come il sole, e grandi come non ne avevo mai viste.

Tirai fuori il mio coltello pieghevole e ne recisi una. La sbucciai e diedi un morso. La polpa era dolcissima e profumata, con appena una lieve punta di asprigno. Divorai golosamente il resto, poi ne staccai un'altra per mia moglie.

«Gail, assaggia queste banane, sono qualcosa di celestiale!» esclamai, sbucciandogliela. La delizia che si dipinse sul suo volto mi ricordò quanto l'amavo.

Raccogliemmo qualche altra banana da portare con noi, poi tornammo verso il sentiero.

Lungo tutto il percorso trovammo piante tipiche del posto, specie vegetali che rendevano così unica la rigogliosa vegetazione di quelle isole. Vedemmo l'ibisco dai fiori gialli, di cui i nativi utilizzavano ogni parte: i fiori a scopo medicamentoso, le foglie per coprire i forni ricavati nella terra, le fibre per fare gonnellini, corde e sandali per camminare sugli scogli, e i rami per le pareti delle capanne. Una profusione di rampicanti e felci contribuiva alla ricchezza verde dell'arcipelago, insieme con gli alberi d'alto fusto dell'interno, e ai cocchi, ai banani e agli ananas. Gli avocado e le papaie abbondavano talmente che gli indigeni li davano in pasto ai maiali.

Via via che salivamo, l'aria si faceva più rarefatta e frizzante. Vedemmo gli sgargianti alberi che durante l'estate esplodevano in un tripudio di fiori rossi. Di tanto in tanto un piccolo pipistrello ci volteggiava intorno, e allora ci gettavamo a terra in cerca di riparo. Immersi in quel magnifico paesaggio, tra gli animali e gli uccelli, ci rendemmo conto che era passata un'eternità dall'ultima volta che ci eravamo sentiti così vicini alla natura, così liberi.

Finalmente raggiungemmo la vetta; eravamo stanchi, ma ci sentivamo meravigliosamente vivi. Gail mi passò la bottiglia d'acqua, e dopo esserci dissetati ci mettemmo a sedere senza parlare, come se stentassimo ad abbracciare tutta la bellezza del momento.

Mi sembrò che fossimo rimasti così per un'ora quando, quasi timorosamente, ruppi il silenzio.

«Gail?»

«Sì, amore?»

«Sei felice?»

Lei non si volse a guardarmi. Continuò a fissare il cielo, dove il sole stava già declinando verso ovest, mentre a oriente stava sorgendo la luna.

«Come potrei non esserlo, stando qui con te ad ammirare tanta bellezza», rispose. «Ma sai una cosa, Michael? Mi sento più che felice... mi sento viva, *vera*. Come quando ero bambina.» Poi si girò a guardarmi negli occhi. «Sai... fiduciosa.»

Era bellissima, con la leggera abbronzatura che faceva risaltare gli occhi verdi, adesso rivolti verso le montagne, intenti a osservare alcuni uccelli dal piumaggio giallo – una varietà di mino che si trovava solo su quelle isole – che volteggiavano intorno a un albero di papaia.

Una brezza fresca e leggera si alzò da occidente, portando con sé qualche nuvola. Gail e io ci guardammo sorridendo, e senza dire una parola ci catapultammo nel passato, tuffandoci nei ricordi.

Gail e io avevamo sempre amato andare a fare lunghe escursioni, accampandoci all'aperto per la notte. Io suonavo il mio flauto, in omaggio alla bellezza della natura che ci circondava. Avevo sempre sentito che immergersi nella natura, lontano dalla gente e da quanto fosse stato creato dall'uomo, faceva bene all'anima. E avevo imparato quanto la natura fosse generosa, dando sempre più di quanto chiedesse.

Lasciammo a malincuore il luogo che ci aveva dato quelle meravigliose emozioni e iniziammo a ridiscendere la montagna.

Salendo avevamo scoperto un ruscello che si riversava in un laghetto verde smeraldo, tanto piccolo da

ricordarmi le pozze d'acqua chiamate *billabongs* che avevo visto nel deserto australiano. Poiché si stava facendo buio, decidemmo di accamparci lì per la notte. Dopo avere acceso un falò mangiammo gli ultimi panini che ci erano rimasti, e una minestra di zucca in scatola scaldata sul fuoco.
E poi accadde qualcosa di insolito. Invece di iniziare una conversazione, come facevamo abitualmente, restammo in silenzio, limitandoci a guardarci negli occhi e lasciando che il linguaggio dell'amore facesse il resto. C'infilammo nel nostro sacco a pelo e cominciammo a farci sempre più vicini, finché ci ritrovammo stretti l'uno nelle braccia dell'altra, baciandoci con trasporto, e per un istante, proprio quando i nostri corpi stavano per fondersi in uno, mi sentii come se avessi ancora quindici anni. Tra noi era tornata ad ardere la passione, e sentivo che Gail era di nuovo felice come una volta, donandomi incondizionatamente tutto il suo amore come non faceva più da tanto tempo.
Erano anni che non mi sentivo così. Adesso ne ero certo, i sogni erano fatti per avverarsi.

Ci svegliammo al sorgere del sole, scambiandoci un sorriso sognante. Aprii il sacco a pelo e raggiunsi il ruscello.
«Gail, ti va di fare il bagno con me?» proposi.
«Certo!» accettò con entusiasmo.
Ci liberammo dei vestiti ed entrammo insieme nel

laghetto, proprio sotto la piccola cascata, lasciando che l'acqua fredda scrosciasse sui nostri corpi nudi. Giocammo come bambini, spruzzandoci l'un l'altra e ridendo come non ci capitava da molto tempo. Provavo una gioia incontenibile. Dopo tutti quegli anni, eravamo tornati a essere una vera coppia. Guardando Gail, non riuscivo a credere a quanto fossi fortunato ad averla accanto, di nuovo mia moglie, in tutto e per tutto.

Usciti dall'acqua ci asciugammo a vicenda, ci rivestimmo e ci stendemmo sull'erba a guardare il paesaggio. Il sole del mattino donava una luminosità soffusa al tenue azzurro del cielo sgombro di nubi. Deliziosi fiori rossi e blu si alternavano agli arbusti di eucalipto, le cui foglie lanceolate pendevano sull'erba. Ai piedi della montagna si scorgevano in lontananza gruppi di capanne bianche, e più in là si estendeva a perdita d'occhio l'oceano calmo e azzurro.

Seguendo un impulso, tirai fuori il libro dallo zaino e lo posai sul morbido tappeto d'erba. Immediatamente si aprì su una nuova pagina:

La musica del vento
e il canto del mare
sono un inno
alla gioia di esistere.
Thomas Blake

Era ora di riprendere la discesa verso il villaggio da dove eravamo partiti soltanto il giorno prima, sebbene sembrasse trascorsa un'eternità. Mentre preparavo lo zaino, lanciai un'occhiata a Gail.

«Sei pronta a rimetterti in cammino?»

Lei mi sorrise. «Prontissima, amore mio. Ogni passo che facciamo ci porta più vicini ai veri Michael e Gail.»

9

Il giorno seguente mi svegliai all'alba. Gail e io avevamo avuto una nottataccia. Ci eravamo trovati a combattere per lunghe ore contro il mare agitato e il vento impetuoso che spingevano *Vela Bianca* fuori della rotta stabilita. Dopo essere scesi dal monte Mumukai e avere detto addio alla piccola colonia che abitava l'isola, avevamo lasciato le Kermadec, e non appena oltrepassata la barriera corallina avevamo incontrato una forte corrente contraria che riuscivamo a stento a contrastare anche tenendo il motore al massimo. E a peggiorare le cose, un sostenuto moto ondoso traverso ci faceva andare di scarroccio, così che dovemmo navigare su una traiettoria diagonale per vincere la resistenza incrociata della corrente e le onde. Verso la fine della nottata cominciammo a darci il turno al timone per poter racimolare almeno qualche ora di sonno. Adesso toccava di nuovo a me, ma ormai il peggio era passato.
Finalmente il mare si era calmato, all'improvviso come si era ingrossato, e anche la corrente aveva cessato di ostacolarci. La natura aveva messo alla prova la nostra resistenza, e immaginavo che dovesse essere soddisfatta di come ci eravamo comportati. Ades-

so aveva deciso che fosse il momento di concederci un po' di tregua. Non mi restava che controllare di quanto avessimo deviato dalla rotta che avrebbe dovuto portarci alle Isole Tonga.

Mescolai del caffè solubile con acqua bollente. L'aroma che ne sprigionò era così intenso che quasi non sarebbe stato necessario bere il forte caffè nero per prepararmi al mio turno al timone. Il sole scintillava sull'acqua, e l'aria era frizzante, intrisa dell'odore fresco dell'oceano.

Ero salito sul ponte per controllare le sartie e accertarmi che la barra del timone fosse nella posizione giusta, quando un volo di gabbiani attirò la mia attenzione. Era molto strano. Ci trovavamo ad almeno centocinquanta miglia dalla terra più vicina, e normalmente i gabbiani si vedevano soltanto in prossimità della costa. Presi il binocolo e cominciai a scrutare lungo la linea dell'orizzonte.

Non dovetti cercare a lungo. Verso est, proprio sotto il sole, c'era qualcosa che a prima vista mi sembrò una piccola nuvola sospesa sull'oceano. Solo sforzando gli occhi contro il riverbero dell'acqua riuscii a distinguere l'isola.

Scesi in cabina a controllare le carte nautiche. Presi gli strumenti e verificai la mia posizione. Ripetei tutti i calcoli per essere certo di non essermi sbagliato. No, nessun errore. Tonga, la nostra destinazione, era ancora ad almeno cinque giorni di navigazione. L'isola che avevo avvistato semplicemente non avrebbe dovuto esserci. Comunque, l'idea di scendere a terra e rinfrescarci era allettante. Andai al timone e virai verso l'isola.

Ci volle quasi mezz'ora per raggiungerla. Non disponendo di alcuna indicazione, dovetti procedere con molta cautela attraverso la barriera esterna. Per fortuna, il moto ondoso che ci aveva fatti ballare per tutta la notte si era placato, e questo rese tutto molto più semplice. Afferai saldamente la barra del timone, tenendo sotto controllo la profondità dell'acqua, e presto *Vela Bianca* fu al sicuro nella laguna interna. Proprio di fronte a noi c'era un'invitante spiaggia di sabbia nera, il che significava che l'isola era di origine vulcanica. Mi diressi da quella parte e poi gettai l'ancora.

Da sottocoperta mi giunse la voce di Gail. Si era svegliata quando la barca si era fermata con un lieve sussulto, trattenuta dall'ancora.

«C'è qualcosa che non va?»

«No, niente», la rassicurai. «Ma già che sei sveglia, vieni a dare un'occhiata.»

Mi raggiunse sul ponte di manovra.

«Dove siamo?» domandò, sorpresa.

«A dire il vero, non lo so», ammisi. «Ho controllato le carte, e quest'isola non è segnata da nessuna parte. Forse perché è troppo piccola.»

Stavamo ancora facendo congetture quando scorgemmo un gruppo di indigeni sulla spiaggia. Erano parecchi, uomini, donne e bambini. Dovevano averci visti entrare nella laguna, e stavano venendo a guardare chi fossimo.

Alle loro spalle si estendeva una lunga striscia erbosa che si protendeva fino ai margini di una fitta foresta. Ruscelli e rivoli argentei scorrevano su sassi e salti del terreno, andando a riversarsi nella laguna. Le nuvole si erano dissolte al sole, lasciando il cielo limpido e azzurro.

«Che facciamo?» domandò Gail, guardando gli isolani dalla pelle scura marciare sulla sabbia verso la nostra barca.

«Aspettiamo», risposi.

Gli indigeni continuarono ad avanzare, inerpicandosi su larghi massi e discendendo con cautela la riva scoscesa. Il primo a raggiungerci fu un giovane uomo di una ventina d'anni. I suoi occhi scuri parlavano di felicità, e il suo sorriso era gentile. Era vestito solo con un perizoma, e il bianco di una collana di denti di animale spiccava sul suo petto nudo. Lanciò una breve occhiata alla bandiera sventolante sul nostro albero maestro, poi, spostando di nuovo lo sguardo su di noi, domandò in perfetto inglese: «Siete australiani?»

«No, neozelandesi», replicò Gail.

Lui disse qualcosa agli altri nella loro lingua, e quelli sorrisero, fecero un cenno di saluto e si ritirarono verso la foresta.

Il giovane uomo tornò a rivolgersi a me e Gail: «Siamo molto onorati della vostra visita. Non capita spesso che qualcuno passi da queste parti. Intendete trascorrere la notte nella laguna?»

«Be', sì», risposi. «Se per voi non è un problema...»

«No di certo», assicurò. «Anzi, questa notte nel nostro villaggio si terrà una cerimonia tradizionale, e se voleste unirvi a noi, sono certo che il nostro capo ne sarebbe felice.»
Gail e io ci scambiammo una rapida occhiata.
«Grazie, verremo con molto piacere», accettai a nome di entrambi.
«Bene. Allora adesso vi lascio soli. Tornerò a prendervi tra qualche ora.»
«Magnifico», annuì Gail. «A proposito, come ti chiami?»
«Timu. E voi?»
«Io sono Gail, e lui è Michael, mio marito. Qual è il nome di quest'isola?»
«Numa-Numa.»
«Non siamo riusciti a trovarla sulle nostre carte.»
«Lo so. La nostra isola non è conosciuta, e noi preferiamo così. Ora devo proprio andare. Ci vediamo più tardi.»

Come promesso, Timu tornò per accompagnarci al suo villaggio. Gail e io ci facemmo trovare pronti. Lei indossava scarpe da ginnastica, calzoncini bianchi e una camicetta azzurra, e io mi ero messo un paio di bermuda chiari e una maglietta marrone – un abbigliamento comodo e leggero, adatto per affrontare il caldo e l'umidità della foresta pluviale e della notte dei tropici.
Ci avviammo attraverso la giungla, seguendo la no-

stra guida, e dopo una mezz'ora di cammino raggiungemmo il villaggio. Era a pianta circolare, con un grande spiazzo al centro. Le capanne erano fatte con legno e foglie palmate del cocco, e sembravano fresche e confortevoli.

Ci fermammo ai margini, osservando la scena. Fervevano i preparativi per un grande banchetto, e tutti si davano da fare; perfino i bambini facevano la loro parte, sbucciando con perizia tuberi di manioca e rompendo noci di cocco.

Gail scelse quel momento per porre a Timu una domanda che le girava per la testa da un po'.

«Timu, dove hai imparato a parlare l'inglese così bene?»

«È una lunga storia», replicò lui, «ma cercherò di farla breve. Mettiamoci comodi.» Diede l'esempio, sedendosi contro un albero di cocco, e cominciò a raccontare: «Quando ero ragazzo sognavo di visitare luoghi lontani e conoscere gente diversa. Come vi ho già detto, la nostra isola non è conosciuta, e la mia sola possibilità di avere contatti con il mondo esterno era partire. Così un giorno presi la mia canoa e mi lasciai portare dalla corrente. Passarono molti giorni, e alla fine un peschereccio diretto verso quella che ora conosco come la costa orientale dell'Australia mi avvistò e mi prese a bordo. Quando arrivammo in porto venni condotto da certe persone vestite tutte uguali. Erano dell'Ufficio Immigrazione, ma io allora non potevo saperlo, ed ero molto spaventato. Non sapevo chi fossero, né che cosa volessero da me. Mi accorsi della loro frustrazione per l'impossibilità di comunicare, e pensai di limitarmi all'essenziale, ripetendo il mio nome e quello della mia isola, ma a loro questo non diceva niente. Mi fecero vedere una carta geografica, pensando che avrei potuto indicare la posizione della mia isola, però io non ne avevo mai vista una, e non capivo che cosa si aspettassero che facessi. Alla fine mi misero in un centro di accoglienza in attesa di decidere che cosa fare di me. A quel punto mi resi conto che se davvero volevo conoscere altre persone, dovevo essere in grado di comunicare con loro. Da quel momento dedicai tutte le mie energie all'apprendimento della vostra lingua. Dopo un po' masticavo l'inglese a sufficienza per spiegare ai funzionari che cosa fosse successo. Diventammo amici, ed ebbi modo di imparare molto sulla loro cultura. Poi mi venne data la possibilità di richiedere un permesso di soggiorno, ottenni un lavoro, e imparai a parlare correntemente. Un po' per volta iniziai a mettere da parte del denaro, e sostanzialmente si può dire che mi ero integrato nella società.»

«Allora perché non sei rimasto là?»

«Perché non sono mai riuscito a capire il vostro mondo. Voi avete sviluppato alcune meravigliose tecnologie per rendere la vita più facile e sicura, e questo dovrebbe darvi più tempo per godere dei veri tesori della vita. Ma invece di gustare il tempo libero che vi siete faticosamente guadagnati, voi continuate a lavorare, sempre di corsa, sempre a saltare su e giù da treni e autobus, se non passate il tempo a guadagnare denaro lo considerate uno spreco. Perché costruite edifici così alti e vicini che si riesce a malapena a vedere un pezzetto di cielo tra uno e l'altro? Perché definite 'prendersi un momento di pausa' mangiare del cibo-spazzatura e fumare? Perché tutto questo?»

«Non è facile spiegartelo, Timu, ma ci proverò», dissi. «Capisci, noi dobbiamo fare dei sacrifici per avere le cose di cui abbiamo bisogno...»

«Bisogno per cosa?» mi interruppe Timu.

«Per avere un livello di vita migliore...»

«Migliore rispetto a cosa?» domandò Timu. «Ti riferisci a comprare una casa più grande, o una macchina più potente, beni che ti fanno apparire come una persona di successo? Sono questi i valori su cui si basa la vostra vita?»

Gail mi fissò, e capii che cosa stesse pensando. Inaspettatamente, in me era scattato un automatismo che mi aveva fatto dire cose in cui non credevo, cercando di difendere una mentalità alla quale io stesso mi ero ribellato, accettando come giusta e motivata una vita che mi aveva privato dei miei sogni per tanto tempo, portando quasi alla rovina il mio matrimonio. A un tratto mi sentii imbarazzato, per me stesso e per Gail.

Timu volse lo sguardo al suo villaggio. «Guardali», mi disse. «Quelli sono i miei tesori più preziosi. La nostra vita è semplice, ma vera e intensa. Invece di essere sempre in conflitto, in competizione uno con l'altro, noi conviviamo in armonia, e affrontiamo insieme qualunque problema possa sorgere. I bambini dei nostri vicini sono trattati come i nostri.»

Bloccò un bambino che stava correndo verso alcuni gatti e, prendendolo in braccio, gli disse qualcosa nella loro lingua. Il piccolo rispose brevemente. Poi Timu disse qualcos'altro e il bimbo proruppe nella più gioiosa e spontanea delle risate. Se un giorno avrò dei figli, pensai, spero di sentirli ridere allo stesso modo.

«Che cosa gli hai detto?» domandò Gail.

Timu rimise a terra il bambino, il quale immediatamente scappò per raggiungere i suoi compagni di gioco.

«Gli ho detto che siete dei buoni amici venuti da molto lontano a farci visita. E che avete viaggiato fin qui attraverso l'oceano apposta per vederlo giocare.»

Un uomo del villaggio ci raggiunse e scambiò qualche parola con Timu.

«Dice che è tutto pronto e che il capo vi sta aspettando», ci riferì Timu. «Venite con me.»

Ci avviammo verso il centro del villaggio. Tutti erano già radunati nel grande spiazzo, seduti in circolo, con un vecchio al centro. Doveva essere il capo, immaginai.

Timu ci invitò a sederci di fronte al vecchio, poi, restandoci accanto, parlò con lui. Quando ebbero finito si rivolse a noi: «Il nostro capo Tamuni è molto felice di avervi suoi ospiti, ed è per questo che siamo riuniti qui con voi. Il capo Tamuni vorrebbe sapere qualcosa di più del mondo dal quale venite. Gli ho raccontato delle mie esperienze, e questo ha contribuito ad arricchire la sua saggezza. Ora vorrebbe sapere come mai siete qui, così lontano dal vostro mondo».

Mi consultai con Gail con uno sguardo.

«Rispondi tu», mi incoraggiò.

Mi accomodai sulle foglie di cocco che avevano preparato per noi, e stavolta riflettei prima di parlare.

«Capo Tamuni, non è semplice rispondere alla tua domanda, ma cercherò di spiegarmi meglio che posso. Abbiamo deciso di metterci in viaggio attraverso l'oceano perché eravamo stanchi della vita che facevamo in città. Avevamo l'impressione che la vita ci stesse passando accanto senza che riuscissimo ad afferrarla e farne ciò che realmente avremmo voluto. Sentivamo di dover dare uno scopo, un significato alla nostra esistenza per tornare a sentirci vivi. Così ci siamo imbarcati in questo viaggio, e casualmente siamo approdati qui.»

Timu tradusse le mie parole al capo e al suo popolo. Tra gli indigeni corse un mormorio, finché il capo alzò una mano e tutti si fecero silenziosi. Poi ci parlò, ma quel che disse ci era incomprensibile, e dovemmo aspettare che Timu facesse di nuovo da interprete.

«Il capo Tamuni dice che non è stata una semplice coincidenza a portarvi qui, perché lui aveva qualcosa da condividere con voi. Dice che per alcuni il tempo è un nemico che li perseguita fino alla fine dei loro giorni. La paura della morte ossessiona coloro che sanno di sprecare la propria vita. Ma per chi ha finalmente trovato la pace in se stesso e compreso l'essenza della mortalità fisica, il tempo diventa un silenzioso compagno, un tesoro, uno stimolo ad apprezzare ogni momento della propria vita senza darlo per scontato. In verità, il tempo non è il nostro peggiore nemico, ma il nostro migliore alleato.»

«È facile dirlo», obiettai, «per voi che vivete in questo meraviglioso paradiso, senza altra preoccupazione che giocare con i vostri bambini e procurarvi il cibo che vi occorre. Ma nel mondo da dove veniamo esistono la competizione, l'avidità, la lotta per emergere. Dobbiamo lavorare duramente per guadagnarci da vivere, e per costruirci una sicurezza economica che ci permetta di provvedere a noi e alle nostre famiglie in futuro.»

Timu riferì al capo quello che avevo detto. Lui ascoltò con molta serietà, poi replicò rivolgendosi a Timu. Quando ebbe finito ci guardò sorridente, aspettando che Timu ci traducesse le sue parole.

«Il meraviglioso paradiso di cui parlate non sta in quello che ci circonda, né qui da noi, né nel mondo da cui venite. È dentro di noi. Per raggiungerlo, bisogna smettere di concentrarsi su quello che hanno e come sono gli altri, e invece scrutare onestamente nella propria anima. Una volta capito chi realmente siamo e che cosa realmente vogliamo essere, ciascuno di noi può costruire il proprio personale e unico paradiso.»

Quando Timu ebbe finito, il capo Tamuni ci guardò, aggiungendo qualcosa in tono solenne.

«Che cos'ha detto?» chiese Gail.

«Dice che troverete la risposta ai vostri interrogativi stanotte, quando tornerete alla barca e leggerete il libro.»

«Come fa a sapere del libro?» mi meravigliai.

Timu sorrise. «Il nostro capo parla con il cuore, e può leggere nei vostri occhi le stesse domande che lui stesso si è posto un tempo, domande che tutti noi ci facciamo. Ora lui sa che le risposte sono già contenute nel libro, proprio come lo sapeva il solitario uomo bianco che approdò a questi lidi tanti anni fa, su una barca uguale alla vostra. Bene», concluse, alzandosi in piedi, «ora basta con i discorsi. È ora di festeggiare.»

Dopo una serata trascorsa tra musica e danze esotiche, banchettando con piatti a base di pesci e verdure che abbondavano sull'isola e nel mare intorno aessa, e bevendo il latte di cocco usato anche per dare un gusto speciale a quelle incredibili pietanze, sotto un cielo scintillante di stelle e circondati dai sorrisi sinceri degli indigeni, dicemmo addio al villaggio, e Timu ci riaccompagnò alla spiaggia, dove *Vela Bianca* stava aspettando pazientemente il nostro ritorno.

«È stato un piacere avervi con noi», disse, salutandoci con un'ultima stretta di mano. «Se vorrete tornare, sarete sempre i benvenuti. Solo, devo pregarvi di non parlare a nessuno di quest'isola.»

«Non ne faremo parola», assicurò Gail. «È una promessa.»

«Bene. Allora, arrivederci, amici miei. Potete trattenervi nella laguna per tutto il tempo che vorrete.»

«Grazie, Timu», gli dissi. «Grazie di tutto.»

Si allontanò nella notte verso il suo villaggio, ma appena prima di scomparire nella foresta pluviale si volse per un'ultima raccomandazione: «Non dimenticate di guardare il libro».

Passammo la notte nella laguna di quel meraviglioso gioiello sperduto nell'oceano che era l'isola di Numa-Numa.

Gail preparò del tè, e lo sorseggiammo commentando la splendida serata trascorsa al villaggio banchettando da re, giocando con i bambini e scambiando piccoli doni con gli anziani.

«La vita ci sta regalando delle esperienze indimenticabili», osservò Gail. «Non avrei mai immaginato quante cose nuove avrei scoperto durante questo viaggio.»

«Nemmeno io», annuii. «La saggezza può davvero nascondersi ovunque.»

«Dove stiamo andando, Michael?» domandò Gail.

La guardai con un po' di incertezza.

«Voglio dire, dove ci sta portando questa avventura? Ricordi quello che Tamuni ha detto del paradiso che è dentro noi stessi? Immagino che stesse cercando di insegnarci qualcosa sulle cose che contano veramente. Ma che cosa intendeva, di preciso?»
In quel momento la dolce brezza tornò a visitarci, aprendo gentilmente il libro che ormai consideravamo il nostro bene più prezioso e avevamo collocato in un posto speciale, sul ponte proprio di fronte alla cabina, protetto dalla pioggia e dal sole, ma non dal vento.

Il male del corpo può essere arginato,
ma il male dello spirito può essere incurabile,
perché trascende la morte fisica.
La malattia fisica muore con il corpo,
ma la malattia che affligge lo spirito
muore solo con l'eternità.
Cura il male che affligge il tuo spirito
e vivrai in eterno.

Tamuni

Gail e io ci abbracciammo con una nuova consapevolezza, e in quella notte di luna piena ci baciammo e facemmo il bagno nudi nelle acque calme della laguna. Ci amammo come adolescenti, con il candore di chi vede non solo con gli occhi, ma con il proprio cuore; e i soli testimoni di quella notte di puro amore, di pura luce, furono i delfini, i cormorani e i gabbiani.

10

Viaggiare da un'isola all'altra era di per sé un'avventura. Passavamo giorni e giorni nella vastità dell'oceano, soltanto Gail e io, eppure la solitudine non ci pesava: ci bastava la reciproca compagnia, e in più avevamo tutte le creature che popolavano i cieli e le acque dei mari del Sud con cui spartire il nostro tempo.

Non ci stancavamo mai di ammirare il volo dei grandi albatri che solcavano il cielo in cerca dei deliziosi sgombri che si trovavano in quella parte del mondo, seguiti da un codazzo di gabbiani pronti a lanciarsi sui loro avanzi. Di tanto in tanto scorgevamo un cormorano tuffarsi in acqua con sicurezza per catturare un pesce, senza mai sbagliare un colpo. Tuttavia, l'emozione più grande era guardare i delfini che ci seguivano.

Potevamo passare ore intere a guardarli guizzare intorno alla prua, fare capriole fuori dall'acqua e giocare con le increspature che la barca lasciava sulla sua scia. Avevamo persino imparato a distinguere i veri delfini dai vari tipi di focene. Arrivavano in branchi di parecchie decine, e ci colmavano di allegria con le loro incredibile acrobazie, come degli straordinari saltimbanchi che si esibissero solo per noi. Un giorno fummo incuriositi da un suono particolare che sembrava venire dalle profondità dell'oceano. All'inizio non riuscivamo a immaginare di che cosa si potesse trattare, ma con il passare dei giorni, spostandoci sempre più a nord, cominciammo a udirlo con maggiore frequenza. Poi, un mattino, il mistero fu svelato. Erano capodogli, balene comuni in quelle acque che decenni fa erano state sul punto di estinguersi a causa della caccia spietata di cui erano oggetto. Ora, protette da leggi internazionali, stavano tornando, lentamente ma costantemente, migrando come avevano fatto per migliaia di anni dai mari antartici verso nord, in cerca di acque più calde dove trovare nutrimento e prolificare.

Gail osservò assorta i giganti dei mari incedere maestosi fra le onde.

«Ti eri mai reso conto che le balene, in sostanza, migrano tutto l'anno da un posto all'altro, a seconda delle stagioni? Se noi le vediamo soltanto durante l'autunno, è perché in quel periodo vengono a trovarsi dove noi viviamo, ad Auckland.»

«Hai ragione», riconobbi. «Pensiamo che stiano migrando solo quando le vediamo arrivare al largo di Auckland, perché il nostro mondo è là. Ora ci accorgiamo che esistono simultaneamente migliaia di mondi paralleli, tutti ugualmente reali. Noi ne vediamo solo alcuni, a seconda di dove siamo e che cosa stiamo facendo. Al momento ci troviamo in un mondo parallelo in cui possiamo vedere le balene migrare verso nord un mese più tardi di quando ci saremmo normalmente aspettati a casa.»

Gail mi guardò con attenzione.

«Quindi, tu pensi che il modo in cui vediamo il mondo dipenda non solo da chi siamo, ma anche da dove siamo?»

«Esattamente», confermai. «Però, direi che dipende non solo da chi e dove siamo, ma anche da quanti posti abbiamo visitato. Viaggiare dà una conoscenza diretta della realtà, e ora mi sto accorgendo che incontrare gente diversa e scoprire posti nuovi mi fa vedere il mondo nei suoi molteplici aspetti, e mi dà differenti scelte sul modo di vivere la mia stessa vita. Se invece di restare radicato in un posto decidi di viaggiare, hai modo di constatare che non c'è un solo mondo, una sola realtà. Viaggiare allarga davvero i tuoi orizzonti.»

Gail sorrise. «Ti riferisci anche ai *nostri* orizzonti, Michael?»

Le andai vicino e la baciai. «Soprattutto quelli, Gail. Pensavo di averti persa per sempre, ma adesso farò tutto quello che posso per tenerti accanto a me per il resto della mia vita.»

Lei appoggiò teneramente la testa sulla mia spalla. «Oh, Michael, mi sei mancato così tanto, e per così tanto tempo. Non sapevo come ritrovare il tuo amore, ma adesso sei tornato. Sei di nuovo tu, il grande amore della mia vita, l'uomo del quale mi sono innamorata al primo sguardo. Non andartene mai più. Me lo prometti?»

«Non ti lascerò mai più sola, Gail. Mai più.» Volsi lo sguardo alla maestosa balena che giocava con il suo piccolo. «Sai, una cosa che ho imparato da questo viaggio è che la felicità non esiste. Esistono solo momenti felici. Se siamo capaci di coglierli e farne tesoro, tutti quei piccoli frammenti di luce possono rischiarare il resto della nostra vita, dandoci una riserva di amore e speranza. E da quando abbiamo lasciato Auckland, abbiamo fatto una buona scorta di quei momenti felici insieme, non credi?»

In quell'istante il libro si aprì. Gail mi guardò.

«Pagina bianca», disse. «Qualche idea?»

«Sì», le sorrisi. «Guarda di nuovo.»

Gail riabbassò gli occhi al libro.

Ciò che conta nella vita
non è quello che si ha,
ma quello che si fa.
Michael

«Come hai fatto?» si stupì. «Non ti ho sentito dire niente.»

Guardai le balene schizzare enormi spruzzi d'acqua dai loro sfiatatoi, come per dare un segnale della loro approvazione.

«Lo so», replicai. «Credo che stiamo imparando molte cose che si possono sperimentare soltanto seguendo i propri sogni.»

11

Continuammo a navigare ininterrottamente per altri dodici giorni. Potevamo vedere il sole sorgere e tramontare direttamente sul mare, giorno dopo giorno. E se è vero che non esistono due isole uguali, la stessa cosa si può dire per le albe e i tramonti a cui assistemmo durante il nostro viaggio.
Mentre il sole si nascondeva dietro il distante orizzonte, il cielo si tingeva di una fantasmagoria di colori, come se un pittore si sbizzarrisse a dipingerlo ogni volta in un modo diverso, attingendo alla tavolozza dell'iride. A volte creava netti contrasti tra le tonalità infuocate delle nuvole, altre volte si limitava a un graduale cambiamento della sfumatura di azzurro del cielo. E sempre, dopo le immancabili sfuriate della natura, appariva l'arcobaleno, talvolta anche più d'uno contemporaneamente. Forse in nessun altro posto al mondo avremmo potuto ammirare la natura nella sua espressione più bella e selvaggia.

Al tredicesimo giorno di navigazione dopo aver lasciato Numa-Numa, finalmente arrivammo al regno di Tonga. Avevamo in programma di fermarci là per un paio di settimane, spostandoci da un'isola all'altra.

Il regno di Tonga è costituito da quattro gruppi principali di isole: le Tongatapu, con la capitale Nukualofa, a sud; al centro le Haapai, un esteso arcipelago di basse isole coralline con svettanti vulcani; le Vavau, con un immenso porto riparato; e a nord, appartate, le vulcaniche Niuas.

Poiché le nostre riserve di cibo e carburante si stavano esaurendo, decidemmo di fare prima scalo al porto di Vuna, il principale accesso al regno di Tonga e alla sua capitale. Una volta fatto rifornimento e sottoposta *Vela Bianca* a una revisione per rimediare ad alcuni problemi meccanici, ci saremmo diretti alle isolate Niuas, poiché preferivamo starcene per conto nostro.

Gettammo l'ancora nel porto della capitale e lì fummo accolti da alcuni isolani. Ci fu subito chiaro perché il capitano Cook le avesse chiamate Isole degli Amici. Più di ogni altra cosa, Tonga è la sua cultura e la sua gente. I nativi sono grandi e forti come giganti, ma sorridono come bambini. Hanno un carattere estroverso e ospitale, e un atteggiamento rilassato nei confronti della vita; amano divertirsi e scherzare, e sono eccezionalmente comunicativi. Si dice che se un nativo di Tonga perde il sorriso, la sua vita si spegne lentamente.

In fondo alla banchina c'era un bizzarro emporio dove i viaggiatori come noi potevano trovare di tutto. Solitamente i negozi del porto erano ben forniti di prodotti locali dei quali non perdevamo occasione di fare provvista. Stavamo diventando piuttosto abili nel preparare gustosi piatti esotici con gli ingredienti tipici di quei paesi tropicali, e questo rendeva ancora più piacevole il nostro viaggio.

Lasciai Gail sulla barca e scesi a terra per fare gli approvvigionamenti per le successive due settimane. Questa volta acquistai taro, patate dolci, manioca, vaniglia, frutti dell'albero del pane e pesce. Inoltre comprai una tenaglia per rimpiazzare quella di riserva che era sul punto di rompersi, liquido refrigerante e olio per il motore e varie altre cosette. Quando ebbi finito tornai alla barca, e trovai Gail intenta a chiacchierare con un alto isolano che ci stava facendo il pieno di benzina.

«Ho trovato tutto, Gail», annunciai, salendo a bordo.

«Magnifico. Potresti venire qui, per favore? Vorrei presentarti George.»

«Certo.» Andai a raggiungerli. «Piacere di conoscerti, George.»

L'uomo sarà stato alto un metro e novanta, e aveva una stretta a dir poco energica. Ora mi spiegavo come mai Cook, nel resoconto del suo famoso viaggio di esplorazione sull'*Endeavor*, parlando di Tonga avesse raccontato che una notte un gruppo di isolani aveva dato un'indimenticabile lezione di pugilato al suo equipaggio.

«Piacere mio, Michael», rispose George.

«George lavora qui da molto tempo», mi informò Gail, «e ha incontrato parecchie persone arrivate qui in barca a vela.»
Riconobbi immediatamente il sorriso misterioso che Gail cercava di celare.
«Ok, Gail, che ne diresti di venire al punto?»
«Tua moglie mi ha detto che avete comprato questa barca ad Auckland», intervenne George.
«Sì, infatti», confermai.
«È molto strano», commentò lui. «Mi chiedo che cosa ci facesse *Vela Bianca* ad Auckland.»
«Perché mai dovrebbe essere strano?» domandai.
«Michael, io non ho mai detto a George il nome della nostra barca», affermò Gail, come se non fossi già abbastanza confuso.
«Che cosa?»
«Non ha saputo da me che si chiama *Vela Bianca*», ribadì. «Appena l'ha vista, ha detto che era parecchio tempo che non vedeva più *Vela Bianca* a Tonga.»
«Ricordi chi fosse il proprietario?» chiesi a George, incuriosito.
«Oh, ne ha avuti molti, tutta brava gente. Non li dimenticherò mai.»
«Perché?»
«Qualcosa nei loro occhi... una luce particolare.»
Gail e io ci scambiammo uno sguardo.
Mi rivolsi di nuovo a George: «Ricordi chi fosse il suo primo proprietario?»
«Oh, certo. Come potrei averlo scordato? Bianco, di

bassa statura. Un buon marinaio, ma con gli occhiali più spessi che abbia mai visto.»
Sentii il sudore imperlarmi la fronte. «Sai dirmi il suo nome?»
«Sicuro. Si chiamava Thomas.»
Gail mi sorrise, poi proruppe in una risata.
«Bene, sembra proprio che siamo sulla strada giusta!» esclamò. «Ma ora seguiamo il nostro programma, Michael, e tracciamo il nostro sentiero personale. Impariamo a essere unici. Tu e io.»

Impiegammo quasi una settimana per raggiungere Niuafoou, la più settentrionale delle isole appartenenti al gruppo Niuas. Se era la solitudine che cercavamo, l'avevamo trovata. Niuafoou è una delle isole più appartate del mondo. La nave dei rifornimenti vi passa circa una volta al mese, ma non c'è un porto. Per anni e anni, Niuafoou ha ricevuto la posta in latte per kerosene avvolte in tela cerata gettate da una nave da carico ai nuotatori in attesa.
Quello sarebbe stato senz'altro il posto giusto per dimostrare a noi stessi fino che punto volessimo restare appartati dal resto del mondo, noi due soli, con i pochi beni terreni che avevamo a bordo di *Vela Bianca*.

Non restano molti posti al mondo veramente incontaminati, e Niuafoou era una di quelle rare gemme.

Vapori sulfurei e lava scaturivano dal cratere di un vulcano sprofondato, un tempo alto quattrocento metri. Un altro cratere aveva creato una barriera che tratteneva l'acqua, formando un lago, che a sua volta conteneva un altro lago. Fare il bagno in quelle lagune sulfuree era il principale lusso che si potesse trovare a Niuafoou. Il ricco suolo vulcanico dava impulso alla crescita di alcune delle piante più grandi e variopinte del mondo.

Passavamo le giornate esplorando l'isola e i suoi tesori e le notti a bordo di *Vela Bianca*, circondati da flessuose palme da cocco che, mosse dalla calda brezza che spirava da nord, si abbracciavano proprio come facevamo noi.

Una sera, immersi nella nostra dolce solitudine, sentii che il nostro silenzio carico di significato stava per condensarsi in una di quelle conversazioni che talvolta nascevano tra me e la mia compagna, e rafforzavano sempre di più la nostra unione. Adesso che ci eravamo riscoperti e avevamo recuperato il nostro amore, in qualche modo *Vela Bianca* ci stava aiutando a portare la nostra relazione a profondità mai raggiunte prima, ed ero arrivato a capire che quella meravigliosa donna di nome Gail era la somma di molte meravigliose donne, alcune delle quali stavano appena cominciando a sbocciare nei miei pensieri.

«Tu credi nella vita dopo la morte, Michael?» mi domandò all'improvviso.

«Come?»

«Voglio dire, pensi davvero che una volta lasciati i nostri corpi ci riuniremo in qualche altro posto, in qualche altra dimensione?»

«È difficile dirlo», replicai. «Dopo le esperienze che ho avuto in questi ultimi mesi, Gail, posso assicurarti una sola cosa.»

«Quale?»

Alzai lo sguardo alla luna che splendeva proprio sopra di noi. «Credo fermamente nella vita *prima* della morte. Non solo per quello che abbiamo potuto vedere, ma per quello che ci hanno insegnato i nostri amici tramite il libro. A volte penso che sarebbero felici di poter tornare su questo mondo, giusto un istante, per ricordare perché avessero scritto così tante belle cose su questo pianeta.»

Feci una pausa, riflettendo. «Se credo che esista una vita dopo la morte? Non lo so, Gail, ma spero di sì. Questo viaggio ha risposto a domande che pensavo destinate a rimanere enigmi insoluti. Forse ciò a cui oggi non sappiamo dare risposta ci apparirà chiaro in futuro, magari è già da qualche parte davanti a noi, e aspetta solo di essere scoperta.

«Una cosa è certa, Gail», continuai. «Non riuscirei a immaginare la mia vita senza di te, e se per qualsiasi ragione dovessi andartene prima di me, la mia unica ragione per continuare a vivere sarebbe la speranza che un giorno ci ritroveremo da qualche parte, dove mai niente potrà più separarci.»

Gail si avvicinò e mi abbracciò, commossa.

«Credo che abbiamo cominciato a costruire il nostro

paradiso in terra, amore», bisbigliai, stringendola forte.
Lei mi baciò, poi mi guardò con gli occhi velati di lacrime. «Io saprei ritrovarti ovunque, Michael Thompson, al di là del tempo e dello spazio; noi due siamo legati per l'eternità.»

Dopo aver vissuto i nostri sogni per tre settimane, finalmente ci sentimmo pronti, fisicamente e spiritualmente, per lasciare Tonga. Perfino il nostro fedele libro volle darci il suo contributo, aprendosi senza che nemmeno lo interpellassimo:

Immagina,
e realizzerai.
Sogna,
e ti migliorerai.
Abbi fiducia in te,
perché sai
più di quanto tu creda.
Thomas Blake

Le storie che ci avevano raccontato e le lezioni che avevamo appreso dalla gente incontrata avevano rinvigorito la consapevolezza di noi stessi, e ora sapevamo che ogni nuovo giorno ci avrebbe portati più vicino a vivere ed essere come avevamo sempre desiderato.

12

Il Sud Pacifico è perfetto per andare a vela. Non c'è molto traffico e non esiste pirateria, come invece nelle acque indonesiane. Le comuni rotte di navigazione utilizzano gli alisei di nord-est e di sud-est provenienti dalla Nuova Zelanda. Si sfruttano i venti di ponente fino a un punto a sud delle Isole Australi, poi ci si spinge verso nord con il favore degli alisei, fino a Tahiti.

Procedevamo a una media di un'ottantina di miglia al giorno, prendendoci tutto il tempo che volevamo per fermarci sulle isole che ci piacevano di più, parlando con la gente del posto e apprendendo il più possibile della cultura locale.

Un'altra delle meraviglie del nostro viaggio era la quantità e la varietà di scogliere e banchi di corallo. Le barriere coralline delle grandi isole, per quanto spettacolari, non potevano competere con l'incanto degli atolli. Questi isolotti di forma circolare o a ferro di cavallo, ornati da una scintillante collana di piccole baie dalla vegetazione rigogliosa, racchiudevano lagune brulicanti di vita, comunicanti con il mare attraverso stretti canali, tra i quali solitamente era possibile passare soltanto dal lato sottovento.

In un limpido mattino scorgemmo all'orizzonte l'isola più a sud-est delle trecentoventidue che compongono l'arcipelago delle Fiji. Avvicinandoci, notammo la sua splendida laguna e decidemmo di trovare un varco sicuro attraverso la sua barriera esterna. Manovrai con cautela tra i banchi corallini sommersi, ben visibili attorno a noi attraverso l'assoluta trasparenza dell'acqua, che da un profondo verde smeraldo era passata a un pallido azzurro cristallino.

Finalmente fummo al sicuro all'interno della laguna. Gettammo l'ancora sul lato orientale, poi domandai a Gail che cosa le andasse di fare.

«Potremmo fare un po' di snorkeling», propose. «Non credo ci siano squali nei paraggi, e se ce ne sono, probabilmente sono innocui.»

«Ottima idea!» approvai con entusiasmo. «Vado a prendere l'attrezzatura.»

Scesi in cabina, e un momento dopo tornai sul ponte portando con me maschere, pinne e boccagli. La muta non occorreva, in quelle calde acque tropicali: bastava una maglietta per proteggersi dal sole. In un batter d'occhio eravamo pronti per tuffarci.

Chi non ha mai esplorato una barriera corallina si perde una delle più grandi gioie che la natura possa offrire. Non si può camminare attraverso una foresta vergine che sia veramente tale, perché non ci sono sentieri. Invece, è possibile nuotare sopra banchi di corallo inviolati e palpitanti di vita, con la sensazione di volare su un giardino incantato. Il fondale dell'oceano è un caleidoscopio di forme e colori fantastici. Innumerevoli varietà di pesci variopinti guizzano fra le rutilanti arborescenze delle colonie di madrepore ancorate alle rocce. Una scogliera corallina è creata dall'accumulo di miriadi di scheletri calcarei lasciati da infinite generazioni di minuscoli celenterati, alcuni non più grandi di una capocchia di spillo. Con la morte dei singoli individui, le ramificazioni vengono ricoperte dai nuovi coralli nati per gemmazione, in un processo costante di rinnovamento. Tra tutti quegli anfratti e cavità, trovano rifugio pesci angelo, pesci farfalla, pesci luna, pesci re e innumerevoli altre specie, oltre ai piccoli polipi, i granchi e tutte le altre creature dai vividi colori che fanno del fondo marino un paesaggio fiabesco.

Dopo tre ore di esplorazione finalmente uscimmo dall'acqua, stanchi, indolenziti e bruciacchiati dal sole, ma ancora con gli occhi sgranati per lo stupore.

Restammo nella laguna di quell'atollo per tre giorni, facendo immersioni la mattina e il pomeriggio, giocando con i pesci che ormai si erano abituati a noi al punto da venire a mangiare dalle nostre mani. Di tanto in tanto un delfino entrava nella laguna, ci osservava per un po' e alla fine decideva di fare amicizia. A volte scorgevamo uno squalo aggirarsi fra gli scogli in cerca di cibo. All'inizio eravamo piuttosto angosciati alla vista di quelle creature, ma poi ci rendemmo conto che la nostra paura era soltanto una reazione a quello che ne avevamo sentito dire.

Ora, invece di preoccuparci della loro presenza, stavamo cominciando ad ammirarle nel loro habitat naturale
La seconda notte che passammo nell'atollo c'era la luna piena, e il cielo terso luccicava di stelle. Lo sciabordio delle onde che si infrangevano dolcemente sulla scogliera esterna completava l'incanto. Gail aveva preparato una cenetta squisita a base di pesce e verdure fresche, e per finire una macedonia di frutta tropicale con miele. Era tutto così perfetto che decisi fosse giunto il momento di aprire la nostra ultima bottiglia di Chardonnay, che avevamo tenuto in serbo per un'occasione speciale.
Dopo mangiato restammo a guardare le stelle, sorseggiando un bicchiere di vino. Mentre stavamo seduti vicini, cullati dal gentile ondeggiare della barca, si creò un momento di tale intensità che sentimmo entrambi il bisogno di parlare. Ci girammo l'uno verso l'altro nello stesso istante, poi, non trovando le parole giuste per cominciare, ci rivolgemmo silenziosamente al nostro fedele libro, tenendoci per mano. Il vento di ponente ci venne subito in aiuto, sfogliando delicatamente il libro:

Per scoprire la verità
occorrono due persone:
una per dirla,
l'altra per ascoltarla.
Kahlil Gibran

«Gail?»

«Sì, amore?»

«Sai, stavo pensando al nostro viaggio...» Fissai pensosamente il mio bicchiere di vino. «Sono felicissimo di avere preso la decisione di partire. È servito a ritrovarci, e sento che stiamo cambiando in meglio. Eppure, c'è qualcosa che gira in fondo alla mia mente...»

Vidi un'ombra passare sul volto di Gail. «Di che si tratta?»

«Ecco, il fatto è che prima, quando ci dividevamo tra casa e lavoro, mi sembrava di avere una meta ben chiara, e che stessimo facendo la cosa giusta, seguendo l'esempio di tanti altri. Ma adesso che ho potuto scoprire dei mondi così diversi, non so più.»

«Non sai cosa?» domandò Gail, incuriosita.

«Non so esattamente quale sia lo scopo di questo viaggio. Quando lavoravamo per il nostro domani, avevamo un metro per misurare il successo, che era la nostra meta. Ora non sono più sicuro di che cosa significhi il successo.»

Gail volse lo sguardo all'orizzonte. «Immagino ci siano molti modi diversi per misurare il successo. Nel mondo dal quale veniamo, si valuta in base alla grandezza della casa, alla macchina che hai, al tipo di abito che indossi. Ora all'improvviso ci ritroviamo in un mondo dove tutto questo non vale niente, e ci rendiamo conto che sono cose importanti unicamente nella nostra società.»

«Che cosa stai cercando di dirmi, con questo?»

«Che noi stiamo avendo successo, Michael. Abbiamo scelto di intraprendere questo viaggio senza avere la minima idea di quello che ci avrebbe riservato il futuro. E adesso, per la prima volta nella nostra vita, ci troviamo in mezzo all'oceano, su un atollo senza nome, con solo il vento e le stelle a farci compagnia, e ogni singolo istante ci dona qualcosa di cui fare tesoro. Io non scambierei questo momento con tutto l'oro del mondo. Ho te, sono contenta della persona che sto diventando, e ho la possibilità di ammirare le meraviglie che ci circondano; non potrei desiderare niente di più. Inoltre, non dimenticare che non abbiamo una pista da seguire davanti a noi, Michael. Stiamo tracciando il nostro personale, unico percorso, senza altra guida che l'istinto e la forza del nostro amore. Non mi sembra una cosa da poco.»

Aveva ragione. Non c'era niente che potesse avere più valore dei momenti che stavamo vivendo. Tutto il denaro del mondo non avrebbe potuto comprare quello che sentivamo dentro. Forse avremmo potuto sentirci così ovunque, perfino a casa, perché il cambiamento che stava avvenendo in noi era profondo, e ci avrebbe permesso di essere le persone che volevamo in qualsiasi posto, purché non perdessimo di vista le cose importanti della vita, che grazie a quel viaggio stavamo imparando a riconoscere.

Mentre Gail e io ci guardavamo sorridendo, la gentile brezza di ponente tornò a spirare, e il libro si aprì su una nuova pagina:

La chiave della felicità
è sognare.
La chiave del successo
è fare sì che quei sogni si avverino.
Michael e Gail

«Siamo stati tutti e due, stavolta», osservai. «Stavamo pensando la stessa cosa, e la sintesi dei nostri pensieri si è riflessa su questa pagina.»
«Sì», mormorò Gail. «Credo che stiamo cominciando a diventare una cosa sola, tu e io.»
Smettemmo di parlare e ci baciammo, pregustando un dolcissimo dopocena.

13

Navigando nell'idilliaco scenario delle Fiji, Gail e io imparammo molte cose dal vento.

La nostra barca, con le sue candide vele spiegate simili alle ali di un gabbiano, filava agile e leggera tra le isole dell'arcipelago, alcune così piccole da poter ospitare nulla più che una singola palma da cocco. A volte andava con il vento a favore, altre con quello contrario. Fu allora che ci rendemmo conto che non era il verso in cui soffiava il vento, ma il modo in cui orientavamo le vele a determinare la direzione che avremmo preso, così come i nostri sogni potevano influenzare il corso del nostro destino.

Sperimentammo in pratica quel che da tempo sapevamo in teoria. Verificammo come il vero vento, quello che soffia quando niente interferisce con esso, sia modificato dal movimento in avanti della barca, diventando quel che si dice vento apparente. Se si sa interpretare il vento apparente e capire di conseguenza il momento giusto per girare le vele, allora si può diventare buoni marinai.

La notte imparammo a riconoscere la Croce del Sud, la luminosa costellazione che per i marinai è fissa nel cielo, rivolta a sud. Sebbene questo non sia totalmente vero, è sufficientemente corretto perché si possa calcolare il movimento degli altri corpi celesti in relazione a essa, considerandola la costante della navigazione astronomica nell'emisfero australe. L'azimut, ossia l'angolo formato dalla perpendicolare di un astro rispetto all'osservatore e il meridiano su cui ci si trova, divenne la nostra guida. Le coordinate azimutali entrarono a far parte della nostra routine quotidiana, dovendo tenerne conto ogni volta che tracciavamo la rotta, unendo l'uso delle carte nautiche alle conoscenze di navigazione che stavamo acquisendo durante quel viaggio spirituale. Inoltre, per quanto possibile, stavamo anche imparando a navigare d'istinto, piuttosto che secondo le regole. Di giorno ci orientavamo con il sole e di notte con la luna. Osservavamo attentamente il comportamento dei gabbiani rispetto al vento quando eravamo vicini a terra, e le balene e i delfini nell'immensità dell'oceano. Erano diventati il nostro riferimento, le nostre carte nautiche. Tutto quel che ci circondava era improvvisamente divenuto parte di noi, e noi parte del tutto. Era incredibile per noi pensare che tutte le cose che stavamo scoprendo fossero sempre state lì ad aspettare di essere ammirate e amate.

Ci era capitato di incappare in un occasionale acquazzone durante il nostro viaggio, ma sempre nelle vicinanze di un'isola. La prima volta che la pioggia ci sorprese in pieno oceano per noi fu un giorno di autoscoperta. Non c'erano tuoni, fulmini o mare grosso, soltanto il suono scrosciante delle gocce che battevano a milioni sul ponte della barca. In città saremmo corsi a ripararci; ma stavolta, appena iniziò a piovere, salimmo sopracoperta per sentire l'acqua fresca e pulita riversarsi su di noi, come in un simbolico rito di purificazione.

Improvvisamente realizzai che Gail stava avendo un'esperienza straordinaria. I suoi occhi erano bagnati di lacrime, non solo di pioggia, e la sua espressione era estatica.

«Che ti succede?» le domandai.

«Sento la presenza di Dio. È nella pioggia e nel mare, e riesco ad avvertirlo... riesco a *vederlo.*»

«Che aspetto ha?»

Lei fissò l'orizzonte. «Ha l'aspetto di un delfino, e anche di una balena. Parla come il vento, e come il tuono. Ci bisbiglia sogni, anche se talvolta non ascoltiamo. È nell'aurora e nel tramonto. È in ogni stella che guardiamo di notte. E in questa magica solitudine che abbiamo raggiunto, amore mio. Mi ricorda tutte le cose buone della vita, tutto ciò che c'è di bello e puro.»

Fece una pausa, mentre le sue lacrime e le gocce di pioggia si fondevano in un'unica verità.

«Ricordi quello che ci hanno insegnato su Dio a scuola? I peccati, i castighi, le fiamme dell'inferno... Ormai non credo più in quel Dio, Michael. In questo momento, nella verità di quello che i miei occhi possono vedere, che il mio cuore può sentire, e la mia anima può comprendere, ho scoperto quel che realmente è Dio. E sai una cosa? Dio non ha niente a che fare con la religione, ma con la bellezza, e la verità. Perché la bellezza è verità, e la verità è bellezza.»

Gail mi afferrò le mani e le strinse forte. «Sai che cosa ho capito, amore? L'inferno non esiste. Né nello spazio, né nel tempo. L'inferno è non saper godere delle meraviglie che abbiamo a disposizione, e che stiamo cominciando a scoprire. L'inferno è non saper apprezzare le cose che Dio ci ha donato perché ne gioissimo e le venerassimo per sempre.»

Cominciavo a essere un po' spaventato, sentendola parlare così. C'era ancora qualcosa dentro di me che rifiutava di crederle, di darle ascolto. Fin da bambino mi erano stati inculcati precetti totalmente diversi da quello che Gail stava dicendo. A un tratto mi sembrò che fosse quasi un peccato starla a sentire.

Il libro si aprì, là sotto la pioggia.

Tu vedi delle cose,
e dici,
perché?
Ma io sogno cose mai viste,
e dico,
perché no?

Gail

«Che ti sta succedendo?» domandai di nuovo, sempre più turbato.

«Qualcosa di meraviglioso», replicò lei. «Credimi, amore, questa è la prima volta che vedo veramente la pioggia. È la prima volta che sento la voce dentro di me dirmi chi sono realmente.»
Mi venne vicina e mi sfiorò con un bacio. «Ti amo, Michael. Tanto quanto amo essere viva.»
Mi guardò con quei suoi bellissimi occhi verdi, poi volse lo sguardo all'oceano.
«Ho finalmente aperto le ali. Ho imparato a volare», mormorò, fissando lontano. «Alcune persone vivono i loro sogni. Altre no, e chiudono per sempre gli occhi davanti alla verità. Immagino che solo Dio sappia perché. Ma io so per certo che non chiuderò di nuovo i miei occhi. Mai più.»

14

Dieci giorni dopo aver lasciato l'ultima delle isole Fiji arrivammo a una lunga collana di incantevoli isole chiamate Vanuatu – una parola indigena che significa «terra eterna» – che si estendeva da nord verso sud per centinaia di miglia, sotto le Isole Torres, a est della Nuova Caledonia, la nostra prossima destinazione. Le isole erano coperte di un folto manto di vegetazione. Il blu del cielo risaltava contro il verde intenso dell'arcipelago, ma si confondeva con l'oceano. Chiazze bianche che sulle prime ci erano parse banchi di schiuma si rivelarono incantevoli frange coralline brulicanti di pesci variopinti che ornavano le coste. Là, così vicino a riva, la bassa profondità dell'acqua e il riflesso del sole davano al mare una trasparenza smeraldina. Una dolce brezza aiutava a mitigare il clima caldo e umido che prevaleva in quella parte del Sud Pacifico, creando un'atmosfera primaverile.

Puntammo su Port Vila, la cosmopolita capitale di Vanuatu. Erano quasi due settimane che non vedevamo più segni di civilizzazione, e la prospettiva di ritornare alla vita moderna originava in noi sensazioni conflittuali, tuttavia avevamo bisogno di fare rifornimento di carburante e viveri per proseguire il nostro viaggio.

Non ho mai dimenticato quel che mi disse mia madre molto tempo fa: «Tieni pure lo sguardo rivolto alle stelle, Michael, ma cerca di avere sempre i piedi ben piantati a terra».

In effetti, non c'era niente di sbagliato nella vita moderna, riflettei. Il punto cruciale era scoprire un equilibrio tra quello che la natura può insegnare e quanto di buono la società può offrire, senza farsi intrappolare in un mondo dove contano solo le cose materiali.

Gail mi aspettò alla barca mentre io andavo in città a fare provviste. A una stazione di servizio un uomo stava guardando nel cofano di una vecchissima automobile, mentre un altro, probabilmente il proprietario, stava al suo fianco a guardare. Bambini vestiti solo di calzoncini correvano qua e là, con quel sorriso fresco che è una prerogativa dell'infanzia.

Entrai in un grande negozio ben fornito di frutta tropicale e ortaggi freschi, davanti al quale giovani uomini stavano scaricando da un camion cassette di carote, cipolle, patate dolci e baccelli di ibisco, probabilmente provenienti dalle loro fattorie. Tirai fuori la lista e cominciai a fare la spesa. In quei posti, perfino quella era un'esperienza piacevole e divertente. Ormai sapevo che trattare il prezzo di ogni cosa era la regola del gioco, un'abitudine che faceva parte della cultura locale.

Pagai il conto, e stavo per uscire dal negozio quando

notai un telefono pubblico. Erano settimane che non ne vedevo uno. Adesso che ci pensavo, avevo quasi dimenticato che esistessero i telefoni.
A un tratto mi venne in mente il signor Blake e pensai di chiamarlo per dirgli quanto fossi felice di avere intrapreso quel viaggio, e ringraziarlo di averci donato il prezioso libro che ci stava aiutando a fare della nostra avventura un'esperienza così magica.
Acquistai una scheda telefonica, entrai nella cabina e lessi le istruzioni per chiamare all'estero in teleselezione. Controllai la differenza di orario tra Auckland e Port Vila. Sì, decisamente la libreria era ancora aperta. Inserii la scheda, composi il numero e attesi in linea.
Il telefono suonò a vuoto per un po', poi finalmente rispose una voce femminile che non riconobbi: «Pronto?»
«Buongiorno. Potrei parlare con il signor Blake, per cortesia?»
«Prego?»
«Vorrei parlare con il proprietario del negozio, per favore.»
«Posso sapere chi parla?»
«Sono Michael Thompson, un amico del signor Blake.»
All'altro capo del filo ci fu un lungo silenzio. «Può attendere un istante?» disse poi.
La sentii parlare con qualcuno, e un momento dopo un'altra donna venne al telefono. «Buongiorno, si-

gnor Thompson. Chiedeva del signor Blake?» Nemmeno questa era una voce conosciuta.
«Sì, signora.» Stavo cominciando a spazientirmi. Quella era una telefonata internazionale, e mi stavano facendo sprecare tempo e denaro. «Ora, sarebbe tanto gentile da passarmelo?»
La sconosciuta ebbe un istante di esitazione. «Mi dispiace, signore, ma qui non c'è più la libreria. Adesso è un bar.»
Rimasi allibito. «Da quando?»
«Be', sono già due mesi, da quando il proprietario della libreria si è ammalato...»
«Thomas?»
«Era un suo caro amico?»
«Be', non proprio intimi, ma sì, siamo amici. Ero un suo cliente abituale.»
Dall'altra parte, un lungo silenzio.
«Signore, non so se questo sia il momento giusto per dirglielo...»
«Per dirmi cosa?»
«Il proprietario della libreria è deceduto un mese fa. Lo so perché la donna che lavorava per lui adesso fa la cameriera qui. Per lei è stato un brutto colpo, poverina, gli era tanto affezionata...»
Non riuscivo più a seguire quel che stava dicendo. Ero scioccato.
«Signore? È ancora lì?»
Non potei rispondere. Riagganciai lentamente il ricevitore. Sentivo risuonare nella mente le ultime pa-

role che mi aveva detto mentre stavo uscendo per l'ultima volta dal suo incantevole negozio.

Che la tua vita sia meravigliosa, Michael...

Chiusi gli occhi, ancora incredulo. Lui sapeva che non ci saremmo rivisti, pensai.

Stordito, presi la mia spesa e uscii in strada. Il cielo del mattino si era improvvisamente velato di nuvole inargentate dal riflesso del sole. Tutto sembrava così irreale. Mentre cominciava a cadere la pioggia, mi avviai verso la barca. Avevo bisogno di bere qualcosa, e non volevo stare da solo.

Cercai di dare la notizia a Gail con delicatezza. Lei ne fu addolorata, e non poté fare a meno di piangere. Ma poi si asciugò le lacrime, e mi guardò con un sorriso triste.

«Forse è così che doveva essere», mormorò.

«Che cosa intendi dire?»

«Be', ti immagini che cosa sarebbe successo se al ritorno dal nostro viaggio avessimo visto il signor Blake? Non avrebbe potuto evitare di darci delle spiegazioni.»

Gail non aveva tutti i torti. Thomas Blake si sarebbe visto costretto a spiegarci la magia del libro che ci aveva regalato. E forse era qualcosa che non ci era dato sapere.

«Credo che tu abbia ragione», sospirai. «Sarebbe stato bello se avessimo potuto parlare ancora con lui, adesso che sappiamo che era una persona così speciale, una specie di angelo. Ma si vede che non era il momento. Forse lui sapeva cose che noi non

siamo ancora pronti per conoscere. Forse la sua missione era finita e doveva andarsene, lasciando il suo corpo terreno. In ogni caso, lui adesso è scomparso, ma sarà sempre con noi, nei nostri ricordi.»
Avevo appena finito di parlare che una lieve folata di vento aprì il libro:

Chi ci è caro non muore davvero
finché vive nei nostri ricordi.
Chi ci è caro non ci lascia davvero
finché è presente nei nostri pensieri.
Michael

«Pensi che si sia trasformato in un angelo, Michael?» domandò Gail con un filo di voce.
Non ebbi il tempo di rispondere. Come mai era successo prima, il libro passò immediatamente alla pagina successiva:

Le persone non sono morte
quando giacciono nella tomba,
ma quando infine
rinunciano ai loro sogni.
Thomas Blake

«È proprio diventato un angelo, vero, amore?» bisbigliò Gail, la voce incrinata dall'emozione.
Mi asciugai le lacrime, abbracciai mia moglie con tutte le mie forze e sorrisi.
«Non ne ho alcun dubbio», risposi.

15

Vanuatu era il punto più a nord che avremmo raggiunto durante il nostro viaggio.

Da quando avevamo lasciato Auckland, avevamo visto la bellezza sotto svariati aspetti, come un diamante dalle molteplici sfaccettature. Dalle isole pittoresche e verdeggianti alle fulgide barriere coralline, dai banchi di minuscoli pesciolini variopinti che nuotavano nell'acqua bassa alle imponenti balene che modulavano il loro canto struggente, chiamandosi nella vastità dell'oceano. Ci eravamo trovati a navigare tra onde impetuose e a scivolare su un mare che pareva olio, sotto i dardi del sole o una pioggia incessante. Ma soprattutto, avevamo trovato noi stessi.

Non quantificavamo più la nostra felicità in base al benessere materiale: ora sapevamo che ciascuno di noi aveva l'altro, ed era questa la nostra ricchezza. Con l'aiuto di molte persone – da Thomas Blake, che ci aveva indirizzati e assistiti lungo il nostro percorso di ricerca, al signor Roberts, senza il quale non avremmo mai trovato *Vela Bianca*, a tutta la meravigliosa gente che ci aveva aperto le porte di così tanti mondi paralleli – avevamo scoperto che cosa fosse

la vera felicità. E come un giorno avevamo deciso di iniziare quella magica avventura nell'ignoto, improvvisamente sentimmo che era giunto il momento di tornare ad Auckland, dove avevamo le nostre radici.
Mentre volgevamo la prua di *Vela Bianca* verso sud, vedemmo un maestoso albatro che pareva avesse anche lui realizzato di essersi spinto più a nord di quanto intendesse, e ora dovesse invertire la rotta per tornare nel suo territorio.
All'improvviso l'atmosfera si era illanguidita. Aleggiava nell'aria una struggente dolcezza, come un sottile rimpianto. All'orizzonte infuriava un temporale, e il distante bagliore dei lampi soffondeva il pomeriggio di un'incredibile luminescenza dorata. Avrei voluto poter chiudere quella luce in una bottiglia e conservarla per sempre.
«Non essere triste, Gail», dissi, cercando di confortarla. «Non siamo alla fine del viaggio. Stiamo tornando verso sud, ma abbiamo ancora tante avventure davanti a noi.»
«Non sono triste, Michael», replicò quietamente. «Mi sento solo un po' malinconica, e voglio assaporare fino in fondo questo momento. Ho imparato che non dobbiamo necessariamente ridere per essere felici, né piangere per essere tristi. Sto semplicemente accettando quello che provo in questo istante, e anche se non sono felice, mi sento bene.»
Mi prese la mano e sorrise, gli occhi verdi brillanti come smeraldi.
«Ricordi quello che il signor Blake ha scritto all'ini-

zio del libro che ci ha regalato? Ci diceva di colmare i nostri giorni di gioia e le nostre notti di sogni, e una volta che quei sogni si fossero avverati, di conservarne per sempre il dolce ricordo. È esattamente quello che sto facendo adesso. Sto ricordando tutti i meravigliosi momenti che abbiamo condiviso; momenti irripetibili, che se ne sono andati per sempre, e tuttavia non se ne andranno mai. Perché vedi, Michael, noi non abbiamo una vita sola, ma due: quella che stiamo concretamente vivendo, e quella formata da tutto ciò che d'indimenticabile abbiamo vissuto.»

Tentai di seguire il suo ragionamento. «Insomma, stai dicendo che la malinconia che stiamo provando è preziosa quanto ogni altra emozione che ci ha dato questo viaggio, e dovremmo considerarla una fase della nostra evoluzione, come un momento di raccoglimento per fissare quel che abbiamo appreso.»

Gail mi sorrise. «Ricordi tutte quelle storie che abbiamo sentito o letto a proposito delle persone che hanno oltrepassato il confine tra la vita e la morte e sono tornate indietro? Non so se sono reali o meno, ma è innegabile che chi è stato molto vicino alla morte ha una luce particolare negli occhi. Molti di loro non la temono più, quindi non cercano di esorcizzarla facendo programmi a lunga scadenza, ma vivendo giorno per giorno. E soprattutto, riescono a capire le giuste priorità della vita. All'improvviso le cose che prima erano importanti, come una solida posizione economica, diventano secondarie, e sono sostituite da valori come l'amicizia, la famiglia, la solidarietà. Si sono resi conto che quello che solitamente si dà per scontato in realtà si può perdere da un momento all'altro. È un po' quello che è successo a noi durante questo viaggio. Stiamo imparando che non c'è niente di male nel successo economico, purché non gli si dia più importanza di quella che merita, e non comprometta il tempo prezioso che bisognerebbe dedicare invece a diventare uomini degni.»

«È un'impresa, Gail», commentai. «Pensi che i nostri amici possano darci una mano?»

«Di sicuro. Concentriamoci e vediamo che cos'hanno da dire.»

Ci tenemmo per mano in silenzio, guardando la prua di *Vela Bianca* condurci verso il nostro destino. La gentile brezza arrivò, aprì il libro, poi se ne andò così come era venuta.

Guardammo il libro, ancora tenendoci per mano. Questa volta la pagina recava due scritti:

Di tutte le strade che si possono prendere nella vita,
ce n'è una più importante di tutte le altre.
È quella che ti porterà a diventare
un vero essere umano.

Thomas Blake

Un uomo è ricco
in proporzione al numero di cose
a cui può permettersi di rinunciare.

Thoreau

Restammo in silenzio, contemplando il responso del libro. Gail aveva ragione. E ora finalmente avevamo la conferma che la nostra esperienza ci stava trasformando in veri esseri umani, capaci di gustare ogni istante, di imparare qualcosa ogni giorno, di guardare le cose nella giusta luce.
E avevamo anche capito che il nostro turbamento era dovuto alla consapevolezza che presto o tardi saremmo ritornati al mondo dal quale venivamo. Come avremmo reagito? Avremmo visto le cose in modo differente? Saremmo stati accettati così come eravamo adesso? Ed era veramente importante essere accettati dagli altri?
Saremmo stati ancora gli stessi?

16

In una notte limpida, la Croce del Sud rifulge come un gioiello. Alpha e Beta Centauri rendono facile identificarla, perché puntano direttamente verso di essa. Per stabilire la propria posizione in mare aperto, si segue l'asse più lungo della Croce verso la stella più lontana, e così si è individuato il sud. Prolungando di cinque volte l'asse nella stessa direzione, si trova il Polo Sud.

In cielo non c'era una nuvola, e potevamo ammirare il firmamento in tutto il suo splendore. Le stelle baluginavano nella notte, mentre la luna piena stava sospesa maestosa lassù, riflettendo la sua luce argentea sullo specchio del mare.

Stavamo andando in direzione del Polo Sud, con una piccola deviazione verso ovest per seguire la rotta più breve per la nostra prossima destinazione, le isole francesi della Nuova Caledonia, a quattrocento miglia da noi. Se nei prossimi giorni fossimo stati tanto fortunati da continuare ad avere il favore dei venti del nord, avremmo viaggiato a una media di ottanta miglia al giorno, raggiungendo la nostra meta entro una settimana al massimo.

Navigare di notte era un'esperienza straordinaria.

Immersi nell'oscurità, dovevamo affidarci alla nostra conoscenza delle stelle e ai nostri strumenti per tenere sotto controllo la nostra direzione. Tuttavia, avevamo cominciato a sviluppare un sesto senso che ci avvertiva con un buon anticipo se qualcosa non andava bene. Proprio come un cieco può percepire suoni e odori che sfuggono alla gente normale, stavamo imparando a vedere non con gli occhi, ma con l'istinto.

Ci fu una particolare occasione in cui la capacità intuitiva che avevamo acquisito si rivelò in tutta la sua vitale importanza. Gail e io eravamo insieme sul ponte a giocare a carte, ascoltando un po' di musica. Un'ora prima avevamo orientato le vele, e poiché il vento si stava comportando splendidamente, immaginavamo che non ci sarebbero stati problemi, essendo ancora ben lontani da terra.

All'improvviso, Gail mise giù le carte.

«Qualcosa non va, amore?» le domandai.

«Non hai sentito?»

«Sentito cosa?»

«Quel suono.»

«Quale suono?»

«Michael, spegni la musica, per favore.»

Feci come chiedeva. «Lo senti ancora?»

«No», rispose lei. «È passato.»

«Scommetto che te lo sei inventato per interrompere la partita, visto che sto vincendo», scherzai. «Un altro dei tuoi trucchi...»

M'interruppi di colpo. Avvertivo un suono indefinibile, e la cosa più strana era che sembrava provenire da dentro di me, come un segnale di allarme.

Gail notò la mia espressione seria. «Lo hai sentito anche tu, vero?»

Mi alzai. «Andiamo di sopra. Qualcosa non va.»

Salimmo sul ponte superiore e cominciammo a guardarci attorno. La notte sembrava tranquilla esattamente come un'ora prima. Eppure, continuavo ad avvertire un senso di inquietudine. Accesi il faro principale e puntai il fascio di luce direttamente davanti a noi.

Quel che si presentò ai nostri occhi ci fece inorridire. Un centinaio di metri più avanti, potevo contare almeno una dozzina di capodogli, e ci stavano venendo incontro. Avevo sentito raccontare di come quei giganti del mare potessero spaccare la chiglia di un'imbarcazione come niente fosse, e senza nemmeno volerlo.

«Gail, suona!» gridai. «Dobbiamo avvisarle che siamo qui!»

Gail si attaccò disperatamente al segnalatore acustico, mentre io accendevo tutte le luci possibili. Le balene ormai erano pericolosamente vicine, e potevano travolgerci da un momento all'altro.

«Gail, metti l'imbracatura, presto!» Infilai le braccia nelle cinghie, agganciai la cintura in vita, e attesi il peggio.

I minuti successivi sembrarono eterni, mentre le balene passavano accanto e sotto *Vela Bianca*. Proprio all'ultimo momento avevamo fatto la cosa giusta, segnalando la nostra presenza. Il maschio che guidava il gruppo aveva deviato dalla rotta di collisione, e le altre lo avevano seguito.

Quando anche l'ultima ci ebbe oltrepassato senza arrecarci alcun danno, tirammo un lungo sospiro di sollievo e ci sfilammo le cinghie di sicurezza. Controllammo che non ce ne fossero altre nei paraggi, e per precauzione lasciammo accese alcune luci. Ci sedemmo, e io bevvi un goccio di brandy per riprendermi.

«Gail, che cosa è stato ad avvertirci del pericolo che ci minacciava? Non posso pensare a quel che sarebbe successo se quello strano suono non ci avesse messi in allarme.»

«Non so spiegarmelo. So soltanto che all'improvviso ho sentito qualcosa... come una voce che cercasse di attirare la mia attenzione. All'inizio pensavo che venisse da fuori, ma poi ho capito che era dentro di me.»

«Be', qualunque cosa fosse, ci ha salvato la vita.» Tacqui per un momento, poi aggiunsi: «Sono anche sorpreso della prontezza con cui abbiamo reagito. Che cosa ci avrà suggerito le cose giuste da fare per fronteggiare il pericolo?»

La gentile brezza questa volta venne da nord, aprendo il nostro prezioso libro:

Una nuvola non sa perché si muove
in una certa direzione e a una certa velocità.
Segue un impulso,

è lì che deve andare.
Ma il cielo conosce le ragioni e gli schemi
al di là delle nuvole,
e anche tu li conoscerai,
quando ti librerai abbastanza in alto
per vedere oltre l'orizzonte.

Richard Bach

Restammo per un po' senza parlare, sapendo che quel che c'era da dire era stato detto.

Poi Gail ruppe il silenzio: «Michael, ti ho mai detto che quando ero bambina ero impaurita perché sentivo voci e percepivo cose che gli altri avrebbero ritenuto strane?»

«Sì, conosco quella sensazione», replicai. «È che quando si è molto giovani e si ha il cuore ancora puro, si è in grado di recepire tutti i messaggi che ci arrivano da dentro. Poi, crescendo, cominciamo a non sentirli più, e finiamo per definire quelle esperienze 'fenomeni paranormali' e considerarle qualcosa di inquietante.»

«Già», annuì Gail. «Se non sintomo di un serio disturbo mentale, confondendo il sentire la propria voce interiore con il 'sentire le voci', inteso come sinonimo di allucinazioni.»

«È assurdo come a volte l'ignoranza o la paura di ciò che non si conosce possano indurre a certi errori di giudizio.»

Del tutto spontaneamente, il nostro libro si aprì di nuovo:

Mi sono sempre rammaricato
di non essere oggi saggio
come il giorno in cui sono nato.
Thoreau

Gail sorrise. «Abbiamo imparato ancora qualcosa. La verità non solo si mostra a chi sa vederla, ma parla a chi sa ascoltarla. E questo meraviglioso viaggio che ci ha insegnato a vedere le cose con occhi diversi, oggi ha risvegliato la nostra voce interiore, allargando un po' di più la nostra coscienza.»

17

Passò una settimana, e un mattino, guardando verso l'orizzonte, vedemmo stagliarsi contro il cielo un regale profilo di picchi montani, ai cui piedi si estendeva un sontuoso tappeto di vegetazione. Quello splendore della natura era la Nuova Caledonia.
Le isole sono un territorio d'oltremare della Francia e, quindi, ci aspettavamo di trovare molto dello spirito francese nella gente del luogo. Era uno di quei posti dove la fusione di due differenti culture era avvenuta senza traumi, compenetrandosi in armonia.
Una tiepida brezza di oriente ci aiutò a raggiungere la barriera esterna dell'isola maggiore, Grand Terre, in un'ora circa, e ce ne volle un'altra mezza per arrivare a Noumea, fiorente porto del Sud Pacifico e capitale della Nuova Caledonia. Poiché l'isola non aveva altra industria che quella del turismo, tutto vi doveva essere portato per nave o in aereo.
Gail e io avevamo in programma di trascorrere un paio di settimane in quel luogo idilliaco, esplorando la cultura locale oltre che le bellezze naturali dell'isola. Ma per prima cosa, decidemmo di provvedere al rifornimento di viveri e carburante.
Mentre Gail toglieva il sale dalla nostra *Vela Bianca*

con acqua dolce, servendosi di una delle manichette sulla banchina, io andai in un grande negozio di generi alimentari poco lontano dal molo, dove gente di tutte le razze stava facendo la spesa quotidiana. La varietà di frutta fresca era stupefacente.

Finito di fare provviste, entrai in un negozio di ferramenta, perché dovevamo cambiare alcune delle sartie, danneggiate dai forti venti che ci avevano colpiti due giorni prima. Anche la mia bussola manuale era in cattive condizioni, ed era opportuno acquistarne una di riserva. Mentre ero al bancone, fui avvicinato da un uomo.

«Appena arrivato sull'isola?» mi apostrofò.

«Indovinato», risposi. «Mia moglie e io siamo sbarcati da poco.»

«Lei è il proprietario di *Vela Bianca*?»

«Sì, esatto.»

«Benvenuto in Nuova Caledonia», mi disse. «Mi chiamo Alec, e vivo su queste isole da molto tempo. Mi creda, non si pentirà di essersi fermato qui.»

Lo osservai. Il colore della sua pelle, che inizialmente mi aveva tratto in inganno, era dovuto a un'intensa abbronzatura. Doveva essere di origine europea, probabilmente francese, a giudicare dall'accento che addolciva il suo inglese. Sebbene lo avessi appena incontrato, mi sembrava una persona buona e onesta.

«Così, lei vive a Noumea?» gli domandai.

Lui sorrise. «Oh, no, no di certo. Se avessi voluto vivere in una città, sarei rimasto a Parigi. No, io vivo sulle montagne che circondano la costa orientale dell'isola, a una cinquantina di chilometri da qui, con mia moglie Sophie.»

«Come mai ha lasciato Parigi?»

L'uomo sorrise di nuovo. «Probabilmente conosce già la risposta.»

«Per vivere una vita più intensa? Per spezzare un circolo vizioso in cui si sentiva intrappolato e scoprire le cose davvero importanti della vita? Per scoprire chi veramente fosse?»

Alec scoppiò a ridere. «Non avrei potuto spiegarlo meglio io stesso.» Fece una breve pausa, poi aggiunse: «Che ne direbbe di venire a cena da noi con sua moglie, questa sera? Sophie e io saremmo lieti di avere compagnia. Potreste passare la notte a casa nostra, e domattina vi riaccompagnerò alla vostra barca».

«Be', dovrei sentire mia moglie...»

«Ma certo. Io mi tratterrò in città per tutta la mattinata, e se vuole mi può lasciare un messaggio qui al negozio. Michelle, la proprietaria, è una mia buona amica.»

«Grazie, Alec, lo farò senz'altro.»

Ci accomiatammo con una stretta di mano. Pagai il mio conto e feci per lasciare il negozio, ma mentre andavo verso la porta immaginai quel che Gail mi avrebbe risposto quando le avessi detto dell'invito a cena: «Ne sarei felice, lo sai bene».

Che bisogno avevo di chiedere il suo consenso, se già sapevo di averlo? Non era uno degli scopi del nostro viaggio conoscerci meglio, fidarci di più l'uno dell'altro, trovare un'intesa più profonda? Come potevamo arrivare a questo, continuando a ricadere nelle formalità di un tempo, chiedendoci sempre permessi e conferme, agendo meccanicamente invece di seguire l'istinto?

Tornai indietro, sorridendo ad Alec. «Sono certo che mia moglie sarà entusiasta di cenare con lei e Sophie. Accetto con piacere l'invito, a nome di entrambi.»

«*Très bien!*» esclamò Alec. «Passerò a prendervi al porto questo pomeriggio alle cinque.»

«Perfetto. Arrivederci a più tardi, allora.»

Come mi aspettavo, Gail fu felicissima che avessi accettato l'invito. Sarebbe stato bello passare una serata in compagnia di un'altra coppia con la quale già sapevamo di avere delle affinità. E a parte il fatto che adoravamo la cucina francese, non ci dispiaceva per niente essere ospiti, tanto per cambiare.

Come promesso, Alec arrivò a prenderci alle cinque in punto. Gli presentai Gail, poi salimmo sulla sua macchina a quattro ruote motrici e ci mettemmo in viaggio verso la parte orientale dell'isola.

Una volta lasciata Noumea prendemmo la strada principale dell'isola, che correva parallela alla costa, offrendo una vista panoramica da mozzare il fiato. Montagne di un verde brillante terminavano in dirupi a strapiombo sul mare, dove onde poderose si infrangevano contro le ripide pareti rocciose. Di tanto in tanto si scorgeva una piccola spiaggia dalla sabbia a volte bianca e a volte nerastra, rivelando l'origine mista dell'isola.

Avevamo percorso quasi cinquanta chilometri quando Alec imboccò una strada sterrata che si inoltrava verso l'interno, inerpicandosi tra le montagne.

«Adesso si comincia a salire», disse Alec. «Spero che nessuno di voi soffra il mal d'auto.»

Non stava esagerando. La strada si snodava a serpentina in tornanti sempre più ripidi, confermando la necessità di un veicolo a quattro ruote motrici. A parte quella principale, le altre strade dell'isola non erano che sentieri, o al massimo stradicciole in terra battuta che venivano spianate di tanto in tanto, e andavano rifatte quando le piogge le spazzavano via.

«Ci siamo quasi», annunciò Alec. Svoltò un'ultima curva a gomito e si fermò. «*Voilà!*»

La stradina terminava in un luogo molto simile a come ci si immagina il giardino dell'Eden. Nel folto della foresta pluviale, circondata su ogni lato da maestosi alberi tropicali, si apriva una grande radura dall'erba verde quanto il più puro degli smeraldi. I raggi di sole che filtravano tra i rami mettevano in risalto fiori esotici in una gamma di colori che andava dal blu al rosso vivo. Alcuni cavalli pascolavano liberi sul prato, e al centro di quell'incantevole scenario, immersa nella pace e la bellezza della natura, c'era una piccola casa di legno.

La porta si aprì, e una donna esile e bionda ci venne incontro.
«Alec, ti stavo aspettando.»
«*Bonsoir,* Sophie. Ho dovuto sistemare il carburatore dell'auto, così ci ho messo un po' più del previsto», disse Alec. Poi volse lo sguardo verso di noi. «Voglio presentarti una coppia di amici neozelandesi. Sono appena arrivati sull'isola, e ho pensato che sarebbe stata una buona idea dare loro il benvenuto con una cena francese.»
«Ma certo! Quando siete arrivati?» ci domandò Sophie in un inglese un po' stentato.
«Questa mattina», rispose Gail. «È molto tempo che siamo in viaggio con la nostra *Vela Bianca,* e prima di fare ritorno ad Auckland volevamo visitare la Nuova Caledonia, così eccoci qui.»
Sophie cambiò improvvisamente espressione.
«*Vela Bianca,* hai detto?»
«Sì, è il nome della nostra barca», spiegò Gail. «C'è qualcosa che non va?»
Alec e Sophie si scambiarono un'occhiata, poi sorrisero. «Assolutamente no», risposero all'unisono.
«Entrate, vi prego», ci invitò Sophie. «Andiamo a bere un bicchiere di vino sulla veranda.»

Passammo un paio d'ore parlando di noi e della vita, mentre Gail aiutava Sophie a preparare un mahi-mahi *à la Meniere* – un pesce tipico del posto cucinato secondo una ricetta parigina, cotto lentamente in un dolce vino bianco francese e insaporito con erbe e spezie del luogo, in un simbolico connubio di tradizioni culinarie.

Fu una cena superba, accompagnata da un delicato Borgogna bianco servito ben fresco. Infine, Sophie servì il caffè, preparato macinando i chicchi al momento. Era un prodotto dell'isola, e aveva un aroma incredibile.

«Allora, come mai avete deciso di stabilirvi proprio in questa parte del mondo?» domandò Gail, rivolgendosi a Sophie e Alec.

«Guardati intorno», le rispose Sophie. «Qui puoi sentire il profumo dei fiori, puoi gustare la frutta che cresce spontaneamente, puoi ammirare la bellezza del mare e delle montagne, e milioni di stelle la notte. Esistono tanti bei posti al mondo, ma ci vuole l'attitudine giusta per saperli apprezzare. Noi non ci riuscivamo, nella nostra città.»

«Quando vivevamo in Francia», aggiunse Alec, «non avevamo il tempo per prestare attenzione a tutte queste cose. Eravamo troppo presi dai nostri affari, sempre di corsa, e il tempo non era mai abbastanza per occuparci di tutte le cose che ritenevamo importanti. Poi un bel giorno ci siamo resi conto che avevamo fatto la nostra scelta di vita basandoci soltanto sulle limitate opzioni che ci offriva la città in cui abitavamo, e sicuramente ce n'erano altre che sarebbero state più adatte a noi, se solo ci fossimo guardati attorno.»

Si accese un sigaro, dopo avermene educatamente offerto uno, che io rifiutai. Poi riprese: «Finché fossimo rimasti a Parigi, ci saremmo preclusi ogni possibilità di trovare una valida alternativa. E così, una notte giungemmo alla conclusione che era giunto il momento di dire basta, che dovevamo avere il coraggio di correre dei rischi, se non volevamo che la vita continuasse a scorrerci accanto, e prendemmo una decisione drastica. Vendemmo tutto quello che avevamo e comprammo due biglietti di aereo per la Nuova Caledonia. Appena arrivati qui, ci bastò sentire il profumo dell'aria e dare uno sguardo al verde dell'isola per capire che avevamo fatto la scelta giusta.»

«Quando è stato?» domandai.

«Dieci anni fa», rispose Alec. «Abbiamo trovato questo angolo di paradiso grazie a un amico, e ci siamo costruiti noi stessi la nostra casa. Abbiamo comprato qualche cavallo e cominciato a coltivare un pezzetto di terra per provvedere almeno in parte al nostro fabbisogno. Potete immaginare che in queste condizioni sia sufficiente un budget limitato, quindi quello che in Francia avrebbe potuto costituire un problema dal punto di vista economico, qui è perfettamente fattibile.»

A un tratto sentimmo lo scalpiccio di un cavallo al galoppo fuori della casa. Pochi istanti dopo un ragazzino di otto o nove anni entrò nella stanza.

Sophie gli disse qualcosa in francese, e lui ci si avvicinò sorridendo.

«*Bonsoir, madame. Bonsoir, monsieur*», ci salutò compitamente, poi corse in cucina.

Gail e io guardammo sorpresi i nostri nuovi amici.

«Vostro figlio?»
«Sì», disse Alec. «Si chiama François. È nato qui sull'isola.»
«Ma questo non è un problema, per voi?» domandò Gail. «Voglio dire, la scuola, la sicurezza...»
Sophie sorrise. «Gail, questo è un mondo semplice, e tante cose che altrove potrebbero essere complicate, qui non lo sono. C'è una piccola scuola in un villaggio raggiungibile a cavallo in dieci minuti. Noi usiamo la jeep solo per andare in città, altrimenti ci spostiamo a cavallo: è più semplice e non inquina la foresta. Quello che François non impara a scuola del suo retroterra francese, o qualunque altra cosa riteniamo sia bene che conosca del mondo da cui veniamo, glielo insegniamo noi. Qui cresce sano e felice, e ha tanti amici che abitano nei dintorni e frequentano la sua stessa scuola. E per quel che riguarda la sicurezza, che cosa pensi che possa accadere? Perché mai qualcuno dovrebbe volergli fare del male? In questi posti, i bambini sono preziosi, sono il più grande tesoro che qualcuno possa avere, e gli adulti vigilano su di loro.»
Alec andò alla finestra e guardò la luna che brillava nel cielo. «Quando nostro figlio sarà più grande lo porteremo in Francia, per fargli conoscere il mondo da dove veniamo e che ci siamo lasciati alle spalle. Poi starà a lui decidere dove vivere o che cosa fare. Ma avrà un enorme vantaggio rispetto a molti altri. Lui avrà un'alternativa. Avrà visto con i propri occhi che esistono dimensioni differenti, e potrà scegliere quella che sente più affine, invece di limitarsi a vagliare le

possibilità che ciascuna di esse può offrire, come è stato per noi.»
Sospirò, voltandosi a guardarci. «Non esiste un mondo perfetto, amici miei, ma si può cercare di migliorare il proprio, giorno per giorno. Noi non abbiamo di che lamentarci della nostra bella Nuova Caledonia, ma a volte ci manca la nostra tradizionale Francia. Immagino che sia solo questione di mettere i pro e i contro sui piatti della bilancia e fare le proprie valutazioni.
«Al mondo c'è un'infinità di persone pronte ad affermare di sapere quello che vogliono dalla vita, senza rendersi conto che stanno prendendo in considerazione soltanto una ristretta gamma di opzioni. Quel che hanno deciso di diventare nella vita non è necessariamente quello che vorrebbero essere in realtà, perché non hanno mai visto mondi differenti, dimensioni alternative. Non vi dice niente il fatto che il più delle volte il figlio di un medico voglia diventare un medico, e il figlio di un architetto voglia fare l'architetto? In parte potrà anche essere una propensione ereditata geneticamente, ma questo non significa che si tratti di una scelta fatta in prima persona. Per decidere bisogna fare una scelta. E per scegliere bisogna avere delle alternative. E per valutare liberamente le alternative bisogna essere disposti a correre dei rischi, e sapere ascoltare la propria voce interiore.»
Gail e io ci scambiammo un lungo sguardo. Non c'era altro da aggiungere, perché la meravigliosa coppia che viveva in quel luogo magico aveva già detto tutto quel che contava. E soprattutto, ci aveva confermato che

era possibile trasportare quel che avevamo imparato nella normale vita quotidiana.
Alec alzò il bicchiere in un brindisi. «*À votre santé!*»
«Alla salute», rispondemmo.
Vuotammo i nostri bicchieri, poi Sophie si rivolse ad Alec: «Pensi sia il momento di chiederglielo?»
«Non potrebbe essercene uno migliore», replicò Alec.
«Chiedere cosa?» s'incuriosì Gail.
«Alec mi ha detto che la vostra barca si chiama *Vela Bianca*. Le avete dato voi quel nome, o si chiamava già così?»
«Glielo abbiamo dato noi. O per meglio dire, ci è stato suggerito da un amico.»
«Tenete a bordo un libro in una custodia di legno, per caso?»
Non potevamo credere alle nostre orecchie. «Come fate a saperlo?»
Fu Alec a rispondere. «Ricordate che vi ho detto che un nostro amico ci ha mostrato questo posto, dieci anni fa? La gente del posto dice che quell'uomo era arrivato qui su una barca chiamata *Vela Bianca*. Pare che un bel giorno sia scomparso e per due anni nessuno lo abbia più visto, sebbene *Vela Bianca* fosse ancora ormeggiata in porto. Quando finalmente ritornò, raccontò di essersi ritirato a pensare nella solitudine delle montagne. Tutti pensarono che fosse impazzito, perché continuava ad aprire un libro come se stesse leggendo, ma le pagine erano completamente bianche.»
«Blake», mormorai. «Era lui.»

«Sì», confermò Alec. «Fu Thomas Blake a mostrarci questo angolo di paradiso. E fece anche di meglio.»

«Vale a dire?»

Alec e Sophie si scambiarono un sorriso d'intesa.

«Ci ha insegnato a leggere il libro. A vedere con gli occhi del cuore cose che ad altri sono invisibili.»

Gail e io eravamo ammutoliti. Tutto stava accadendo troppo in fretta, c'erano troppe coincidenze... Ma no, quali coincidenze? Ormai avevo imparato che quelle che chiamiamo coincidenze sono cose che accadono quando stiamo facendo quello che dovremmo fare.

«Stiamo imparando anche noi a leggere il libro, un po' alla volta», disse Gail.

«Lo so», annuì Sophie. «Lo vedo nei vostri occhi, così come vedo che state cominciando a scriverlo, anche. E sono certa che domani, quando farete ritorno alla vostra *Vela Bianca,* potrete leggere delle nuove pagine.»

Restammo a guardarci in silenzio, pensando all'uomo che tanto aveva fatto per tutti noi.

«Facciamo un brindisi», propose Alec. «Qualche suggerimento?»

«Al nostro buon amico Thomas Blake», risposi senza esitazione.

«E alla gioia di vivere», aggiunse Gail.

Sophie e Alec si guardarono, poi lei disse con calore, a nome di entrambi: «A *Vela Bianca,* che ci ha fatti incontrare».

18

Erano passati oltre sei mesi da quando avevamo lasciato la nostra bella Auckland in cerca di risposte alle nostre domande sulla vita, su noi stessi, e sul nostro amore.

Vela Bianca stava cominciando a mostrare i segni delle fatiche alle quali si era generosamente sottoposta. L'azione corrosiva del vento e del sale essiccato dal sole cocente l'aveva intaccata in varie sue parti, ed era ora che ricevesse le attenzioni che meritava. Decidemmo che alla prossima tappa, l'isola di Norfolk, le avremmo concesso una sosta in bacino di carenaggio per una pulizia a fondo, una buona riverniciata e una messa a punto generale, in modo che potesse affrontare in piena forma l'ultima parte del viaggio. Nel frattempo, noi avremmo approfittato della permanenza a terra per prepararci gradualmente al nostro rientro in Nuova Zelanda.

A volte pensavamo che sarebbe stato arduo tornare indietro e riadattarci alla vita di città. Però eravamo certi che anche facendo le stesse cose, sarebbe stato diverso da allora, perché noi eravamo cambiati. Quel viaggio che era iniziato come un'avventura era diventato ben più di questo, un modo differente di affrontare la vita. Avevamo corso dei rischi, e liberi da tutte le cose tra le quali un tempo ci eravamo barricati, avevamo capito quali fossero quelle davvero importanti per noi: non i beni materiali, che si potevano toccare e comprare, ma beni impalpabili, che si potevano sentire e condividere, ma non possedere. E soprattutto, Gail e io ci eravamo ritrovati per non perderci mai più.

Recentemente avevamo anche cominciato a parlare seriamente di crearci una famiglia, qualcosa a cui in tutti quei mesi nessuno dei due aveva mai nemmeno pensato. Sembrava che ora, alla fine del nostro viaggio, quel che Gail aveva detto ben prima che lasciassimo la Nuova Zelanda avesse acquistato significato. Come lei aveva previsto, sentivamo che saremmo stati davvero genitori migliori per i nostri figli, adesso che stavamo tornando a casa forti del nostro amore rinato, e con un bagaglio di esperienze e di ricordi al quale avremmo potuto attingere per il resto della nostra vita. Sarebbe stato meraviglioso poter trasmettere ai nostri bambini quel che avevamo imparato. Come il figlio di Alec e Sophie, sarebbero partiti avvantaggiati, crescendo con una mente aperta e sapendo fin da piccoli che la vita propone a ognuno di noi molte alternative tra cui scegliere quella che si sente più vicina al proprio animo. E chissà, forse avremmo potuto fare un altro viaggio con loro, perché potessero vedere con i propri occhi che esistono molti mondi paralleli, e che ciascuno ha qualcosa da insegnare.

Adesso avevamo davvero un mondo intero da offrire ai nostri figli, quando fosse venuto il momento.

Dopo avere navigato per tutta la mattinata, finalmente oltrepassammo la barriera esterna che circonda la costa orientale dell'isola di Norfolk. Il paesaggio ci diede un'immediata sensazione di familiarità, con le sue case così simili a quelle di Auckland. L'isola, una dipendenza australiana abitata da coloni australiani e inglesi, e oggi una delle mete favorite dei vacanzieri australiani e neozelandesi, era già popolata quando il capitano Cook la scoprì nel 1774. Inizialmente utilizzata come colonia penale britannica, in seguito accolse gli isolani di Pitcairn, discendenti da donne tahitiane e marinai inglesi – i famosi ammutinati del *Bounty*.
Appena attraversata la barriera, alcuni delfini ci vennero incontro festosamente, salutandoci con capriole in aria e scortandoci verso lo splendido litorale adorno di piante rigogliose e radi palmizi. La scogliera, bassa ma incantevole e brulicante di vita, proteggeva l'isola e *Vela Bianca* dai frangenti spumeggianti.
Gettammo l'ancora vicino a una cascata cristallina che sgorgava dalla sommità di un dirupo e si riversava nel mare in un'esplosione di minuscole goccioline che rifrangevano il sole del pomeriggio, scomponendo la luce nei colori dell'iride e facendo apparire e scomparire arcobaleni come per magia.

Era così bello che decidemmo di restare lì per il resto della giornata, a bordo della nostra fida *Vela Bianca,* sulla quale ormai ci sentivamo a casa.

Al calare della notte, mi sedetti sul ponte superiore a guardare le stelle accendersi intorno a una meravigliosa luna arancione.

«Sai, Gail, ho pensato molto al signor Blake, e credo di avere capito quale fosse la sua missione nella vita. Ma ancora non riesco a spiegarmi perché tutto questo stia succedendo proprio a noi.»

«A che cosa ti riferisci?»

«Be', al libro magico, all'incredibile esperienza che stiamo vivendo... come mai sarà toccato a noi questo privilegio?»

Gail mi rivolse un sorriso vagamente canzonatorio.

«Non ci sei ancora arrivato?»

«Perché, tu sì?» ribattei, un po' risentito.

«Non sta succedendo solo a noi, Michael», affermò lei animatamente. «Sta succedendo dappertutto, in ogni angolo del mondo. Non hai visto l'espressione sulla faccia della gente che abbiamo incontrato in giro per le isole? Forse ci è risultato più facile trovare un nesso tra noi e persone come Sophie e Alec, perché sostanzialmente condividiamo gli stessi sogni, ma a molti altri sta accadendo in modo diverso. *E noi? Secondo te che cosa abbiamo fatto, in questi otto mesi?*»

Vidi i suoi occhi ardere come tizzoni nella notte.

«Vuoi una risposta?» domandai.

«Sì, perché so che mi piacerà», replicò lei, addolcendosi.

Le presi una mano e la sfiorai con un bacio. «Stiamo vivendo con la massima intensità possibile. Ho l'impressione di vivere mille vite contemporaneamente.»
Gail mi sorrise. «È così, amore. E sono convinta che in questo momento molte altre persone stiano iniziando a fare lo stesso, ciascuna a modo proprio. Credo che un po' per volta tutti noi stiamo finalmente rendendoci conto che quest'unica vita che ci è stata data in dono è preziosa, e dobbiamo farne buon uso, vivendone ogni istante fino in fondo, dando un senso alla nostra esistenza.»
Trovavo meraviglioso che, sebbene quella conversazione con Gail fosse iniziata in modo un po' accalorato, nessuno dei due avesse cercato di ferire l'altro nell'esprimere i propri pensieri, come avevamo fatto tante volte in passato. Avevamo imparato che potevamo avere opinioni diverse e confrontarle in modo costruttivo, mantenendo il rispetto reciproco, protetti dal nostro amore. Erano finiti i tempi in cui per ogni inezia ci affrontavamo come due pugili sul ring, con il solo scopo di colpirci a vicenda, e riuscendo soltanto a portare la nostra relazione sull'orlo del fallimento. Eravamo arrivati ad amarci in ogni modo in cui una persona può amarne un'altra, ed era stupendo. Là, nel piccolo mondo di *Vela Bianca* e dei nostri sogni, avevamo trovato la vera luce che stavamo cercando così ansiosamente, e che ci collegava simbolicamente con milioni di altri esseri umani sparsi in tutto il mondo.
Restammo a lungo abbracciati, in silenzio, assorbendo l'energia che ci derivava dalla verità che ave-

vamo appena scoperto. E, naturalmente, sapevamo già che cosa sarebbe accaduto.
Sentimmo una soave brezza levarsi da occidente, e qualcosa ci disse che quella sarebbe stata l'ultima volta durante il viaggio che il libro ricevuto da Thomas Blake si apriva per darci il suo contributo di saggezza.
Fissammo la pagina. Stavolta, invece di una massima, era apparso un breve racconto:

Fuggendo dalla pazza folla, mi recai nel bosco per riposare la mia anima sotto un cielo pieno di stelle, accanto a una cascata canterina.
«Che fai di bello, straniero, qui nel bosco in questa notte stellata?» domandò la cascata con voce argentina.
«Riposo la mia anima», rispose lo straniero.
«Riposi la tua anima? Da cosa?» domandò la cascata dalla voce argentina.
«Non capiresti», disse lo straniero dall'anima stanca. «Ringrazia solo che le montagne e il fiume ti trattengano qui, lontana da tutto, dove la tua musica può calmarmi.»
La cascata rimase in silenzio per un po' riflettendo. Poi disse: «In realtà, dovresti ringraziare che le montagne e il fiume non ti trattengano da nessuna parte. Tu hai la fortuna di poter scegliere, puoi andare e venire come vuoi, e tuttavia la tua anima ha bisogno di riposo? Vorrei solo poter viaggiare con te per ve-

dere questa pazza folla di cui parli, e i luoghi dai quali vieni».

Non dimenticai più le parole della cascata.

Passò un anno, durante il quale la peggiore siccità che si ricordi riarse il bosco dove una volta ero andato a riposare la mia anima. Quando vi tornai, il fiume si era completamente prosciugato, e là dove un tempo cantava la cascata, non rimaneva che pietra fredda e asciutta.

«Non essere triste per la cascata», mormorò il vento in lontananza, «perché la nuvola che ora ti dà ombra è proprio lei. Impara a vedere le cose nella giusta luce, e avrai il dono della comprensione. La cascata ha scoperto di avere delle alternative, e ora che è diventata una nuvola, prima o poi si trasformerà in pioggia, e chissà, dopo aver viaggiato tra la pazza folla, forse vorrà tornare a essere una cascata; perché nel creato tutti abbiamo delle scelte, e l'atto di scegliere ci dà significato.»

«Allora qual è il mio posto in questo ciclo eterno?» domandò lo straniero.

«Dovresti riflettere meglio su tutte le cose che hai imparato, osservare e comprendere le cose che stanno accadendo attorno a te. È tutto parte di te, e tu sei parte del tutto. Allora, potrai fare la tua scelta.»

Mi resi conto di ciò che il vento lontano aveva detto. Per trovare il mio vero scopo, in piena consapevolezza e senza limitazioni, avrei dovuto cercarlo.

E ora, volgendo lo sguardo al cielo, potevo vedere la cascata vivente sotto forma di una nuvola bianca e soffice come ovatta, e in quel momento la pioggia cominciò a cadere su di me.

È la cascata canterina, pensai. Come aveva detto il vento, tutto è uno.

E così, lo straniero se ne tornò tranquillamente tra la pazza folla, dove era giusto che stesse, mentre la pioggia tornava a colmare il letto del fiume, come era giusto che fosse. Aveva scoperto il suo scopo nella vita: dividere con altri il tesoro che aveva trovato.

Thomas Blake

Restammo in silenzio, con le lacrime agli occhi, immaginando Thomas Blake seduto in quello stesso posto tanto tempo prima di noi, su quella stessa barca, guardando la stessa cascata, ascoltando la propria voce interiore – la voce che veniva dalla sua anima – dirgli le stesse cose che ora, come promesso, stava dicendo a noi, fortunati eletti.

Fu Gail la prima a parlare.

«Dunque, Thomas Blake ha scoperto il vero spirito della natura, e di conseguenza la vera natura del suo animo.»

«Vale a dire?»

«Ha capito di essere un insegnante, e di avere il compito di divulgare ciò che aveva visto, ma in un modo molto speciale. Doveva insegnare ad altri che per essere davvero liberi ci sono alcune cose alle quali bisogna rinunciare, e si deve imparare a guardare il mondo come realmente è, non come talvolta si pensa che sia.»

Tacqui per un po', riflettendo.

«Bene, abbiamo imparato che non tutte le cose che vogliamo sono necessariamente cose di cui abbiamo reale bisogno. Quindi, Gail, il punto è questo: come si fa a sapere quando fermarsi?»

«È difficile dirlo», replicò. «Immagino che più ci si evolve spiritualmente, più la risposta diventa chiara.»

«Sovente passiamo più tempo a programmare come trascorrere le vacanze estive che a fare progetti su cosa fare del resto della nostra vita. Dev'essere per questo che la vita a volte ci passa accanto. Non mettiamo in discussione la nostra routine quotidiana, e invece di uscire dal guscio e guardarci attorno per trovare una vita più emozionante e piena, ci lasciamo andare e seguiamo la corrente. Dimentichiamo che là fuori c'è un mondo intero che attende di essere scoperto, visto e ammirato, se solo ci prendiamo il tempo di percepirlo.»

19

Il nostro viaggio stava volgendo al termine. Adesso che avevamo lasciato l'isola di Norfolk, *Vela Bianca* si avvicinava sempre di più alla Nuova Zelanda.

La nostra permanenza sull'isola era stata allietata dagli scambi avuti con la gente del posto, che ci aveva trattati con una familiarità che ci aveva scaldato il cuore. È incredibile come sia facile farsi degli amici ovunque, quando ci si apre onestamente agli altri.

Ormai non c'era più terra tra noi e la Nuova Zelanda. Una brezza gentile ci rese la navigazione molto piacevole, almeno in principio. Poi, mentre fissavamo l'oceano aperto, i nostri sentimenti si venarono di tristezza. Non era più soltanto un'immensa massa d'acqua, ma un nuovo amico, che non avremmo mai perso. Ma sapevamo che una volta sulla terraferma ci sarebbero mancati quei momenti di magica solitudine ai quali ci eravamo così abituati, malgrado i nostri timori all'inizio del viaggio. Eravamo un po' spaventati perché non saremmo più stati gli stessi di prima, e ci sarebbe stato impossibile rientrare nella mentalità di allora, adesso che avevamo visto il mondo con i nostri occhi, guidati da un prodigioso libro avuto in dono da un uomo molto speciale che aveva voluto dividere con noi le meravigliose esperienze che aveva fatto e gli insegnamenti che ne aveva tratto.

«Che cosa faremo, Michael?» domandò a un tratto Gail.

«In che senso?»

«Che cosa faremo della nostra vita? So, anzi sappiamo entrambi che non saremo più le stesse persone di prima, e stenteremo a reintegrarci nell'ambiente che abbiamo lasciato partendo per questo viaggio.»

La notte era limpida, e le costellazioni risaltavano sullo sfondo nero del cielo. La Corona Australe, il Centauro e la Croce del Sud ci indicavano la via di casa. In città non avrei più visto il firmamento così sfolgorante di stelle, nel bagliore della luce artificiale.

«Dovremo andare avanti con calma, un giorno alla volta», dissi. «Non è una delle cose che abbiamo imparato? Quando verrà il momento di prendere una decisione, lo faremo. Ormai abbiamo imparato a essere liberi, Gail. Liberi per sempre. E niente e nessuno potrà impedirci di applicare gli insegnamenti di questo viaggio al mondo cui stiamo facendo ritorno, o a qualunque altro mondo parallelo. Non dobbiamo fare altro che usare il nostro istinto e la nostra immaginazione per combinare i due mondi ai quali ora apparteniamo.»

Gail mi sorrise, gli occhi lucidi di lacrime. «Siamo

tornati a essere i sognatori innamorati di un tempo, due quindicenni che esteriormente sembrano più vecchi, e hanno più vita dietro le spalle. Il bambino che è in ciascuno di noi è rifiorito, e ora possiamo gioire delle cose semplici della vita, e diventare esseri umani degni di questo nome. Quando ti guardo, Michael, vedo di nuovo quella luce che viene dalla tua anima splendere nei tuoi occhi, e so che ti amerò per ogni istante della mia vita.»
La carezzevole brezza si levò ancora una volta da ponente:

L'unico vero rischio nella vita
è non voler correre alcun rischio.
Gail e Michael

Ci scambiammo uno sguardo d'intesa. Il libro si era aperto di nuovo, ma solo perché eravamo stati noi a parlare tramite una delle sue pagine. Non c'era altro da aggiungere, e restammo là in mezzo all'oceano a guardare un'altra magnifica notte stellata, assorbendo la saggezza del momento. Sapevamo che c'erano ancora molte domande alle quali solo il futuro avrebbe potuto rispondere, ma una cosa era certa: ci eravamo di nuovo innamorati profondamente. Non dei nostri ricordi, ma dei sognatori che eravamo tornati a essere.

20

Ci trovavamo ormai ad appena cinquanta miglia dal porto di Auckland, dopo averne percorse oltre seimila in poco meno di un anno.

All'improvviso, nel cuore della notte, fummo svegliati da un brusco cambiamento delle condizioni meteorologiche. L'oceano, calmo e tranquillo quando eravamo andati a dormire, a un tratto sembrava essersi infuriato. Onde sempre più alte si scagliavano rabbiosamente contro *Vela Bianca*. Il cielo, alleandosi con il mare, schierò le sue nuvole più nere a formare una cupa cortina rotta solo dal bagliore livido di qualche lampo. Dovevamo guadagnare il porto di Auckland al più presto.

Ma l'oceano sembrava determinato a impedirci di raggiungere la nostra destinazione. Quella non era solo una breve sfuriata. Si stava preparando una violenta tempesta, e le immense ondate che già stavano mettendo a dura prova la stabilità della nostra barca non potevano che peggiorare. Era la prima volta che ci trovavamo ad affrontare una simile burrasca in mare aperto, e sapevamo di essere in guai seri. Dovevamo essere pronti al peggio.

«Gail, tieni tu il timone. Io vado a mettermi in con-

tatto con Auckland e a prendere i giubbotti di salvataggio. Intanto, allacciati l'imbracatura.»
«Okay, amore, ma non metterci troppo.» Sotto la calma apparente della sua voce avvertii un substrato di angoscia.
Entrai nella cabina e tentai di stabilire il contatto con la capitaneria di porto.
«*Vela Bianca* chiama Auckland. Auckland, rispondete.»
Niente. Provai di nuovo.
«*Vela Bianca* chiama Auckland. Auckland, rispondete.»
Forse non era la frequenza giusta. Cercai di sintonizzarmi su un'altra lunghezza d'onda.
«*Vela Bianca,* qui è la guardia costiera di Auckland. Vi riceviamo a malapena.»
«Auckland, mi sentite? Ci troviamo cinquanta miglia nautiche a nord-est della baia di Auckland. Sembra che si stia formando un uragano davanti a noi. Vorremmo maggiori dettagli sulle condizioni del tempo per...»
«In nome di Dio, che ci fate là fuori?» m'interruppe la voce alla radio.
«Stiamo rientrando ad Auckland dall'Oceano Indiano.»
Seguì un lungo silenzio. «*Vela Bianca,* abbiamo trasmesso un avviso ai naviganti stamattina: forti venti e formazioni temporalesche provenienti da est, in graduale spostamento verso il mare aperto.» Una breve pausa. «La perturbazione sta venendo dritta

verso di voi, *Vela Bianca*. Non c'è niente che possiamo fare per aiutarvi, data la situazione. Teneteci informati, e non dimenticate di attivare il segnalatore radio d'emergenza se vi trovate in difficoltà.»

«Ricevuto, Auckland, lo faremo.»

Poi mi giunse una voce preoccupata: «Buona fortuna, *Vela Bianca*».

«Grazie.» Chiusi la comunicazione. Adesso eravamo Gail e io da soli.

Niente panico, mi dissi. Mantieni la calma e usa le conoscenze che hai acquisito durante il viaggio. Il fatto che non ti sia mai trovato in una tempesta così non significa che tu non possa affrontarla.

Sentii Gail gridare nell'ululato del vento.

«Michael, fa' presto! Non ce la faccio più!»

Afferrai i giubbotti di salvataggio, attivai il segnalatore d'emergenza, presi il kit degli arnesi e corsi fuori. Il tempo stava peggiorando rapidamente.

«Tieni duro ancora un momento, Gail!» la incoraggiai. Mi affrettai a chiudere i boccaporti e bloccare i portelli scorrevoli e gli oblò, in modo che la cabina fosse completamente isolata. Poi corsi a dare il cambio al timone a Gail.

Durante il nostro viaggio ci era capitato di trovarci ad affrontare qualche burrasca passeggera, ma mai niente del genere. Sembrava che l'oceano stesse sfidandoci per mostrarci tutta la sua forza, e marosi alti quattro metri abbordavano *Vela Bianca* da ogni lato. Ora la furia della tempesta era incentrata su di noi, e in qualsiasi direzione guardassimo non vedevamo che fulmini sempre più vicini e onde sempre più alte. Una pioggia sferzante ci aggredì, così che la nostra *Vela Bianca* si ritrovò attaccata su ogni fronte. Ebbi a malapena il tempo di agganciare la mia imbracatura che un'ondata si abbatté sul ponte.

«Michael?»

«Sì, Gail?»

«Ti amo!»

«Ti amo anch'io!»

«Il peggio deve ancora venire, vero?»

Non potevo mentirle. «Sì, Gail. Ma non dobbiamo arrenderci!»

Stavamo gridando entrambi con tutto il fiato, perché le raffiche di vento portavano via le nostre parole. La pioggia adesso era così impetuosa che era come stare sotto una cascata. Il suo martellare si trasformò in un assordante, continuo boato.

Gail scese sottocoperta ad assicurarsi che nel vano motore fosse tutto a posto. Quando risalì sul ponte mi bastò uno sguardo per accorgermi che era terrorizzata.

«Michael, di sotto si sta allagando!»

«Le pompe funzionano?»

«Sì, ma non ce la fanno!»

«Okay, Gail, adesso calmati. Va' di sotto e butta via tutto quello che puoi. Se alleggeriamo la barca staremo a galla più a lungo.»

«Okay, vado», disse, ma non accennò a muoversi. «Michael... non ho paura di morire qui con te. Questo non è un peccato. Lo sarebbe stato non vivere con pienezza.»

Ci guardammo negli occhi, e nel mezzo di quel finimondo ci sorridemmo.

«Forza, facciamo vedere chi siamo», la esortai.

Il forte vento adesso era diventato un furibondo uragano. Terzarolai freneticamente la randa, e issai la tormentina, un fiocco di superficie ridotta usato in caso di tempesta. Il motore girava a piena potenza, e ancora *Vela Bianca* doveva lottare per mantenersi in rotta. Virare era quasi impossibile. La prua andò sott'acqua, riemerse, ondate verticali si abbatterono sul ponte, e l'acqua cominciò a infiltrarsi nella cabina. Le nostre imbracature, agganciate con un moschettone alle gallocce, impedivano che fossimo trascinati in mare. La chiglia teneva, ma per quanto ancora? Se si fosse rotta, sarebbe stata la fine. Avremmo preso a girare in tondo finché un'ondata gigantesca ci avesse affondati. Per di più, sarebbe stato inutile ricorrere al canotto d'emergenza: che possibilità poteva avere in quella tempesta?

Gail stava facendo del suo meglio per gettare fuori bordo l'arredo della barca e tutto il superfluo, ma vedevo che ormai era allo stremo delle forze.

All'improvviso l'oceano ci diede una tregua. Sapevo che non significava niente di buono. Era soltanto un momento di calma apparente, mentre si preparava a sferrare l'assalto decisivo.

«Gail, chiuditi in cabina, presto!»

«Michael, che stai dicendo? Non ti lascerò solo!»

«Va', ti dico!» ripetei con fermezza. «Morirai, qua fuori. Va' di sotto, e accendi il faro di emergenza. Subito!»
Lei fece per obiettare, ma sapeva che avevo ragione. Cominciava ad avere i primi sintomi dell'ipotermia, e non avrebbe potuto resistere un minuto di più lì sul ponte. Aprì il boccaporto e corse dentro. Bloccai il portello appena prima che un'ondata gigantesca si schiantasse contro *Vela Bianca.*
La violenza dell'impatto mi sbalzò fuori bordo. Rimasi appeso all'imbracatura di sicurezza, ma il mio peso sbilanciava la barca, inclinandola dalla mia parte, e la mia testa affiorava appena dalla superficie turbolenta dell'acqua. Cominciai a issarmi, risalendo la cinghia e puntando i piedi contro lo scafo, ma un'onda m'investì, facendomi perdere l'appoggio. Ritentai, e proprio quando le mie dita si aggrapparono al bordo arrivò un'altra onda dalla parte opposta. *Vela Bianca* quasi si ribaltò, ma all'ultimo momento si riprese. Tenni duro, pregando che si raddrizzasse. Appena si fu abbastanza stabilizzata, saltai a bordo e, curvo contro il vento, arrancai verso l'albero maestro.
Ero sul punto di cedere al panico. Immaginavo Gail in cabina, terrorizzata, che pregava per entrambi. Era la fine? Avevamo peccato di superbia, e adesso la vita ci stava presentando il conto per esserci voluti spingere troppo al di là dei nostri limiti?
E poi, proprio quando stavo per arrendermi, là, tra la

pioggia che rendeva la visibilità prossima allo zero, scorsi un'indistinta figura d'uomo a prua.

Sto impazzendo? mi domandai. Ho le allucinazioni? Avevo sentito dire che quello era uno dei primi segni di ipotermia, ed ero convinto che fosse l'inizio della fine. Più di qualunque cosa, avrei voluto poter passare quegli ultimi momenti con Gail, ora che l'avevo riscoperta, e chiederle perdono per non esserle sempre stato accanto come meritava. Allora non sarebbe stato così doloroso.

Ma in quel momento accadde qualcosa di straordinario. La figura spettrale afferrò saldamente la scotta della tormentina, la sbloccò per allentarla, rendendo la barca più maneggevole, poi la fissò di nuovo allo strozzascotte. Proprio quello che avrei voluto fare io, se ne avessi avuto ancora la forza. Boccheggiai, cercando disperatamente di respirare nel vento che si accaniva selvaggiamente contro di me. Ma intanto, *Vela Bianca* si stava raddrizzando, e presto fu fuori pericolo immediato.

La figura evanescente si volse verso di me e mi sorrise, poi udii una voce familiare nel vento: *Che la tua vita sia meravigliosa, Michael...*

Non potevo crederci.

«Signor Blake?»

Che la tua vita sia meravigliosa, Michael, ripeté, poi si volse di nuovo verso il vento.

In quell'istante un'onda immensa spazzò il ponte. Quando riuscii a vedere di nuovo, se n'era andato.

Compresi il significato di quella sua apparizione. Era

venuto ad assistermi nell'esatto momento in cui stavo per arrendermi. Era sua la mano che avevo sentito tante volte in vita mia, fin da quando ero bambino, venirmi in aiuto quando più ne avevo bisogno. E all'improvviso seppi che dovevo lottare. Il vento gentile che durante il viaggio ci aveva mostrato la magia del mondo stava infine mettendo alla prova la nostra determinazione, e pretendeva una risposta ferma.

Il panico svanì, e una forza che non avevo mai provato prima crebbe dentro di me.

«Non morirò oggi!» gridai al vento. «Non morirò, e avrò una vita meravigliosa!»

Afferrai saldamente il timone. Un incredibile senso di pace scese su di me. Ero pronto a combattere.

«Michael, stai bene?»

Riaprii lentamente gli occhi, ancora confuso, come riemergendo da un sonno profondo.

«Gail?»

«Michael, ti senti bene?» domandò ancora Gail, ansiosa.

Fissai il suo viso chino su di me, sullo sfondo del cielo. La plumbea coltre di nuvole si era dissolta, e l'azzurro più puro e perfetto incontrava il verde smeraldo dell'acqua. Non restava più alcuna traccia della terribile tempesta che ci era stata quasi fatale.

«Che cosa è successo?» domandai, riprendendo conoscenza.

«Hai sconfitto la tempesta, amore. Sono passate non so quante ore da quando ti ho lasciato quassù. Pensavo che fosse tutto perduto. L'acqua stava entrando anche nella cabina, così ho dovuto gettare via il resto della roba che era rimasta di sotto. E allora ti ho visto gridare qualcosa al vento. Sono tornata di sotto, ho richiuso il portello e ho pregato per noi. Dopo un tempo interminabile ho sentito che il vento stava calando, e il mare cominciava a calmarsi. Ho aspettato finché un raggio di sole è filtrato nella cabina, e solo a quel punto mi sono fidata ad aprire il portello. Sono venuta fuori, e ti ho trovato seduto dov'eri quando ti avevo lasciato, aggrappato al timone, come ipnotizzato. Non dimenticherò mai lo sguardo che avevi negli occhi, Michael.»

«Che sguardo?»

«Come se avessi visto qualcosa che non fosse di questo mondo, Michael.»

Mi alzai e fissai l'orizzonte sereno.

«Ho visto un angelo, Gail.»

«Hai visto *cosa?*»

«Lascia perdere. Te lo dirò, un giorno.»

Gail mi abbracciò. «Grazie per averci salvati.»

Non riuscii a parlare. L'emozione mi strozzava la voce. La baciai, poi poggiai la testa sulle sue gambe, senza più un residuo di forza fisica in me. Prima di svenire di nuovo, mormorai: «Non dimenticare che dobbiamo avere una vita meravigliosa, Gail. Non dimenticarlo mai».

Epilogo

Erano trascorse due settimane dal nostro ritorno ad Auckland, e ormai ci eravamo completamente ripresi dalla nostra disavventura in mare, fisicamente e psicologicamente. Eravamo stati soccorsi dalla guardia costiera neozelandese, vicino all'entrata della baia di Auckland. Alla capitaneria di porto non riuscivano a capacitarsi di come fossimo riusciti a sopravvivere a una tempesta di tale violenza. Potevano spiegarselo solo con un miracolo.

Tornati a casa, rientrammo un po' alla volta nella nostra vecchia routine. La ricerca di un nuovo posto di lavoro si rivelò più difficoltosa del previsto, ma decidemmo di non affrettare i tempi. Quando fosse arrivato il momento, il cuore ci avrebbe detto che cosa fare.

Nel frattempo, pensammo che sarebbe stata una buona idea invitare alcuni dei nostri vecchi amici a cena per raccontare loro del viaggio. Gail fece un giro di telefonate, e tutti accettarono volentieri.

Servimmo una cena deliziosa, basandoci sulle ricette imparate sulle isole e usando erbe e spezie esotiche che ormai sapevamo mescolare e dosare con perizia. Poi raccontammo del viaggio, dei posti incredibili che avevamo visto, la gente che avevamo incontrato, e la tempesta alla quale eravamo sopravvissuti appena prima di entrare nella baia di Auckland.

«Allora, hai portato qualche souvenir dal tuo viaggio, Gail?» domandò Peter, uno dei nostri amici.

«Be', non proprio», rispose Gail. «Purtroppo abbiamo perso quasi tutto quello che avevamo nella tempesta. Ma siamo riusciti a salvare il nostro tesoro più prezioso.»

«Di che si tratta?» chiese Peter, incuriosito.

«È un libro di versi filosofici, molti dei quali sono stati ispirati da riflessioni ed esperienze fatte durante il viaggio.»

«Possiamo vederlo?»

«Certo, perché no?» acconsentì Gail. Andò nella nostra camera da letto a prendere la scatola di legno, poi consegnò a Peter il libro contenente tutte le lezioni che tanto avevano significato per noi. Mentre il libro veniva passato di mano in mano, sulle facce dei nostri amici si dipinse una gamma di espressioni che andava dallo sconcerto all'imbarazzo.

«Qualcosa non va?» domandai.

Un brusio corse per la stanza. Poi all'improvviso Peter scoppiò a ridere, dando il via all'ilarità generale.

«È uno scherzo?» chiese Peter.

«Che vuoi dire?» replicai, senza capire.

«Che voglio dire? Vieni a vedere tu stesso.»

Presi il libro dalle mani di Peter e lo aprii. Gail, al mio fianco, lesse insieme con me:

È facile nel mondo seguire le opinioni del mondo;
è facile nella solitudine seguire le proprie;
ma il grande uomo è colui che
anche in mezzo alla folla
mantiene con perfetta dolcezza
l'indipendenza della solitudine.

«Emerson», dissi.

«Esatto», confermò Gail.

Ci fissammo in silenzio, senza preoccuparci di quello che i nostri amici avrebbero pensato di noi, poiché ai loro occhi le pagine del libro erano completamente bianche.

«Bello scherzo, ragazzi!» sghignazzò Peter. «Di sicuro avete fatto un bellissimo viaggio, e indubbiamente avete imparato a cucinare squisiti piatti esotici, ma non è che avete preso un po' troppo sole, per caso?»

Gail e io eravamo tornati al porticciolo dove avevamo trovato *Vela Bianca,* dando inizio alla nostra magica avventura. Il signor Roberts ci aveva proposto di rivendergliela, ora che si era dimostrata una barca valida e affidabile. La sua offerta era stata generosa, e alla fine avevamo accettato. Ma prima di consegnargliela, eravamo saliti ancora una volta sul ponte a respirare profondamente l'aria salmastra, dando l'ultimo addio a un'amica che tanto aveva fatto per ridarci il nostro amore, senza chiedere niente in cambio.

«Amici come *Vela Bianca* sono difficili da trovare, nei tempi in cui viviamo», dissi, pensando ad alta voce. «Ma per quanto ci rattristi l'idea di venderla, dobbiamo lasciarla libera, perché possa dare ad altri quello che ha dato a noi.»
«È stata una buona idea dire al signor Roberts che non le abbiamo mai dato un nome», osservò Gail. «Il prossimo proprietario dovrà scoprire da sé come si chiama, e perché.»
«Sì», annuii. «Chi saprà vederla con gli occhi del cuore capirà che le sue vele bianche sono le ali di un angelo. Nessuno può possederla, ma se solo se ne ha la volontà, può portare in luoghi meravigliosi e fare avverare i sogni più belli.»
Gail si mise a sedere, sospirando.
«Mi sento molto sola.»
«Anch'io, amore. Sembra che i nostri amici non riescano a capire quello che abbiamo veramente imparato durante questo viaggio. Ha cambiato e arricchito la nostra vita, e immagino sia nostro dovere spartire con altri le esperienze che abbiamo avuto. Dobbiamo soltanto capire come far arrivare il messaggio a persone pronte a recepirlo, e che stanno aspettando soltanto un segnale per spiccare il volo. Proprio come Thomas Blake ha fatto con noi.»
«E quale può essere il modo per farlo?» domandò Gail.
All'improvviso mi venne un'idea. «Forse potremmo scrivere un libro sul nostro viaggio. Raccontare delle nostre avventure, dei posti che abbiamo scoperto e

delle lezioni che abbiamo imparato allargando i nostri orizzonti; e mettere per iscritto i pensieri dei nostri amici che ci hanno aiutato, e quelli che abbiamo concepito noi stessi. Così chi leggerà potrà vedere come un'esperienza simile possa riunire due persone per sempre.» M'interruppi, guardando la mia splendida Gail. «Ora so per certo che chiunque può fare quello che noi abbiamo fatto, amore: realizzare i propri sogni, e diventare persone migliori, ognuno nel suo particolare e unico modo.»
«Un libro», mormorò Gail. «Trovo che sia un'idea magnifica. Come potremmo intitolarlo?»
«C'è un solo possibile titolo, lo sai.»
Gail mi guardò, poi sorrise. «Certo. *Vela Bianca.*»
Il prezioso libro che era divenuto il nostro migliore insegnante si aprì ancora una volta:

Il vero viaggio nella vita
consiste non solo nel vedere nuovi mondi,
ma nel vedere il proprio
con gli occhi della verità.

«Blake», dissi.
«Proprio lui.» Gail fissò il libro per qualche istante. «Michael, guarda... è l'ultima pagina.»
«Lo so. Il libro ci ha già aiutati abbastanza. Adesso dobbiamo andare avanti da soli, tu, io e il nostro amore.»
Gail volse lo sguardo verso l'orizzonte. «È bello pensare che là, da qualche parte, ci sono altre perso-

ne come noi, che sognano e vivono i loro sogni. Come Alec e Sophie, e come prima di noi Thomas Blake, e prima ancora Thoreau, Emerson, e tutti gli altri. Il mondo sta finalmente diventando un luogo più spirituale, e sempre più gente sta imparando ad apprezzare i veri tesori della vita, quelli che non si possono comprare né vendere.»

Riposi il libro nella scatola di legno e chiusi il coperchio. In quel momento una giovane coppia che stava camminando avanti e indietro lungo la banchina si avvicinò.

«Mi scusi, signore...» mi apostrofò la ragazza.

«Sì?»

«Sa dirmi di chi è il negozio di barche in fondo al molo?»

«Sì, è del signor Roberts. Perché, avete intenzione di comprare una barca?»

«Sì», rispose il giovane uomo. «Abbiamo in programma di fare un lungo viaggio.»

Gail e io ci scambiammo un sorriso.

«Stanchi della routine? Bisogno di cambiare vita?»

«Sì», ammise la ragazza, un po' sorpresa della mia franchezza. «Vogliamo vedere altri mondi, per scoprire chi siamo realmente, capite?»

«Oh, sì», assicurai. «Capiamo benissimo.»

Gail osservò con tenerezza l'esile ragazza dai capelli rossi. «Come ti chiami?»

«Io sono Debbie, e questo è il mio ragazzo, Sam.»

Gail mi guardò, e io le sorrisi. «A te l'onore.»

«Bene, Debbie e Sam», disse Gail, «so che potrà

sembrarvi un po' strano, dato che ci siamo appena incontrati, ma Michael e io vorremmo darvi un dono per il vostro viaggio. Dovete solo prometterci due cose: che non lo aprirete finché non sarete in mare, e che qualunque cosa accada...»

Abbracciai Gail in silenzio, senza sapere esattamente che cosa il futuro avesse in serbo per noi, ma con la certezza che avremmo sempre potuto contare l'uno sull'altro, sul nostro amore, e sulla nostra nuova consapevolezza della vita.
Fu in quel momento che sentii una voce dentro di me. Tirai fuori la mia penna, aprii la mia agenda, e cominciai a scrivere:

Nella meravigliosa Nuova Zelanda, la terra in cui sono nato, si trova Auckland, la capitale di questo paese verde smeraldo, spesso chiamato «la terra della lunga nuvola». Là, circondata da dolci colline lussureggianti...

Il sole cominciò a scomparire dietro l'orizzonte, invadendo il cielo di un'esplosione di colori. Gail e io restammo seduti in silenzio a guardare il mondo intorno a noi. Non eravamo più dei ragazzi, né ancora due vecchi, ma non aveva importanza. Come sa fare chi è molto giovane o molto vecchio, avevamo finalmente imparato a stare seduti uno accanto all'altra senza dire niente, contenti solo di stare vicini. Adesso eravamo una sola cosa, e insieme formavamo qualcosa di veramente grande. E mentre continuavo a scrivere, udii un bisbiglio giungere dal mare:

Che la tua vita sia meravigliosa...

Collana «Parole»

Cleveland Amory, *Il gatto che venne per Natale*
Sue Townsend, *Fuori di zucca*
Sue Townsend, *Il diario segreto di Adrian Mole mitico adolescente incasinato di anni 13 e 3/4*
Pinuccia Ferrari, *Cuore di mamma*
Paola Pascolini e Stefania Casini, *La prima volta di mia figlia*
Lia Celi, *Boia per signora*
Jonathan Snow, *Il regalo più bello*
Giovanni Arduino, *Il tempo di sognare*
Jonathan Snow, *La stella degli angeli*
Aliske Webb, *Dodici fili d'oro*
Sergio Bambarén, *Il delfino*
Lia Celi, *Il cassetto nel racconto*
Jonathan Snow, *Il piccolo angelo e il grande mago*
Giovanni Arduino, *Una storia d'amore con i capelli blu*
Bruce Balan, *Una luce sul mare*
Jonathan Snow, *Piccola principessa*
Jennifer Shine, *Una festa davvero speciale*
Eliane Wilson, *Il dono della colomba*
Sergio Bambarén, *L'onda perfetta*
Gary Shiebler, *Il mio cane ideale: storie d'amore e d'amicizia*
Christine Arnothy, *Nato il 31 dicembre*
Robert J. Petro e Therese A. Finch, *Una lettera d'oro*
Sergio Bambarén, *Vela bianca*

IN TUTTE LE LIBRERIE

Finito di stampare nel maggio 2000
presso la Mondadori Printing S.p.A.
Stabilimento N.S.M. di Cles (TN)
Printed in Italy